溺愛社長と怖がりな子猫

高峰あいす

幻冬舎ルチル文庫

CONTENTS ✦目次✦

✦溺愛社長と怖がりな子猫

✦イラスト・榊 空也

✦カバーデザイン=久保宏夏(omochi design)
✦ブックデザイン=まるか工房

溺愛社長と怖がりな子猫

桜川望《さくらがわのぞみ》は、叶《かな》わない恋をしている。


現在、ＡＭ七時。

天気は快晴で、洗濯日和だ。

キッチンでオムレツを作っていた望は、リビングに入ってくる足音に気付いて肩越しに振り返る。

「おはようございます、千影《ちかげ》さん」

「おはよう……」

「また徹夜したんですか？　無理しないでくださいね」

ふああ、と大きな欠伸《あくび》をしてダイニングの椅子《いす》に座る男は、この家の主、仁科《にしな》千影だ。

――隈が酷《ひど》いなあ。髭《ひげ》も剃《そ》ってないし……なのに格好いいんだよな。

保護者であり命の恩人でもある彼に望は絶賛片思い中なのだが、この気持ちを伝えるつもりはない。

今年三十二になる千影は、ＩＴ企業の社長で多忙な日々を送っている。

救ってくれた恩があるということを抜きにしても、優しくて格好良くて望の憧れの人だ。年収が億を超える社長で、同性の望も見惚《みと》れるレベルに顔がよい。その上自分と違って社交的な千影は年齢性別を問わず友人が多く、女性からのアプローチも絶えない。

たまに家族を伴うパーティーへ同行すると、必ず『弟さんですか？』と聞かれて申し訳ないような、気恥ずかしいような複雑な気持ちになる。

望を引き取り、こうして同居するようになるまでは、随分と派手な恋愛遍歴があったと彼の部下からお節介にも聞かされたことがある。つまりはノンケだ。

とはいえ、望も同性が好きだという性的指向があるわけではない。むしろ性的なことに関しては、これまで生きて来て一度も恋愛感情というものを持ったことがなかったし、意識する環境にもいなかった。

「望、すまないが――」

「コーヒーですよね。徹夜明けだから、ミルクと砂糖は入れますよ」

「ブラックじゃ駄目か？」

「駄目。昨夜《ゆうべ》は何杯もブラックで飲みましたよね。胃に悪いから、せめてミルクだけでも入れさせて」

「分かった。任せる」

徹夜明けに交わされる、いつもと変わらない会話。遣《や》り取りだけ聞いていれば、歳《とし》の離れた兄弟だと思うだろう。けれど望と千影は一応遠縁の親戚ではあるが、血は繋《つな》がっていない。公的な書類だけで見れば、赤の他人だ。

そんな奇妙な間柄だけれど、この同居生活はかれこれもう三年以上続いている。本来ならば接点のなさそうな自分達が何故家族のように生活を共にしているのかといえば、かなりややこしい事情が絡んでくる。

望は簡単に言えば、親に売られた。物心ついてからずっと疎外されて育った望を、父の遠縁である荒鬼《あらき》龍平《りゅうへい》という人物が買い取ったのだ。

しかし荒鬼自身が望と暮らすとか、手ずから養育してくれる、ということはなかった。

自分がどうなるのか、明日すら見えない望の身柄を引き受けてくれたのが、荒鬼の息子《むすこ》である彼、仁科千影だ。

千影自身も、荒鬼の後添えの子という立場だが、認知は受けていないのだと教えてもらった。政治家の一族は色々と面倒だから、距離を置いているらしい。

自分とはまた別の意味で複雑な家庭環境だけれど、大きく違うのは千影の家族はドライだが決して互いをぞんざいに扱っていないという点だ。

密に連絡は取り合っていなくとも、家族という絆《きずな》で強く結ばれているのだと、引き取られてすぐに望は理解した。

そして自分もその中に入りたいと思ったけれど、それは過ぎた我《わ》が儘《まま》だと知っていた。

実母の死後、継母や連れ子である弟だけでなく実の父からも疎まれて育った自分がいていい世界ではない。今は千影の優しさに甘えているが、いつまでも現実を見ずにいれば、そのうち彼だって呆《あき》れて愛想を尽かすだろう。

何より彼への恋心を気付かれてしまったらと思うと、背筋が冷たくなる。

だからせめて、呆れられ追い出される前に自分は独り立ちしなくてはならない。

「今日の予定は？」

「えっと、午前中がオンライン授業で、午後は自習」

「じゃあ午後の課題を終わらせたら、買い物に行くぞ。俺は仮眠取るから、終わったら起こしてくれ」

「はーい」

望が通うのは、スクーリング――登校日が二週間に一度程度の通信制高校なので、なかなか友人も作りづらい。殆《ほとん》どの時間をマンションの一室で過ごす望を見かねて、千影はこうしてさりげなく外出を促してくれる。

――千影さんは、優しいな。でも……。

彼に引き取られたのは、十六歳の誕生日だった。その後、周囲より一年遅れで高校に進学した望は、現在十九歳。

次の誕生日である十二月二十五日には二十歳《はたち》になり、年が明けて春には高校を卒業する。

そうなれば彼とこうして過ごすのも、あと数カ月だ。
――高校を卒業したら、僕はこの家を出る。

■■■

　その日は特別に寒かったことを、仁科千影ははっきりと覚えている。

　十二月二十五日。本来はクリスマス当日だが、イブが本番と化してしまっている世間では、既にお正月に向けての飾り付けが始まっていた。

　車の後部座席に座り、千影は不機嫌そうにぼやく。

「俺はそっちの事情には一切関わらないと、何度も言っていた筈《はず》だが？　親父の奴、何を考えてやがる」

「申し訳ありません。今回に限っては、先生が改めて謝罪とお礼をすると仰《おっしゃ》っておられますので、どうかご容赦ください」

　答えたのは、運転席でハンドルを握る壮年の男だ。父である荒鬼龍平の国会議員時代から長年、筆頭秘書を勤める腹心でもある。

「別に謝罪も要らんし、金が欲しい訳でもねえよ。そもそも、島津《しまづ》さんが謝ることじゃないだろ」

　千影は龍平の後添えの子として生まれたが、母の意向で籍は入れていないので書類上は婚外子扱いになっている。選挙の地盤だけでなく遺産さえ、先妻の子に渡すことが決まっており、荒鬼家とはなんのしがらみもない。

そんな自分にも、島津はぞんざいな振る舞いはせずあくまでも『荒鬼家の子』として対応してくれる。

「怒らないで聞いてください坊《ぼっ》ちゃん。今回はその……少しでもトラブルの芽は摘《つ》んでおきたい事情がありまして」

荒鬼家は、長年議員を輩出してきた家柄だ。病死した先妻の子、つまり千影の異母姉だが若い頃から政治に関心があり、才覚もあったので荒鬼家の持つ地盤や派閥を引き継ぐと既に決まっていた。ゆくゆくは首相の座も……とまで囁《ささや》かれていると、一線を引いている千影の耳にも入ってくる程の才女でもある。

「親父が引退してから、初めての姉さんの選挙だからってことだろ。分かってるよ。ただその『坊ちゃん』呼びは止めてくれ。俺は『荒鬼』の人間じゃないからな」

妻亡き後、政治とは全く関係のない趣味のお茶会で、荒鬼は仁科有美《ゆみ》という女性と知り合い恋に落ちる。

お互いに好ましく思い、程なく関係を持ち子を宿したのだが、有美は頑《かたく》なに籍を入れることを拒んだ。

結果として、千影が生まれても彼女が荒鬼家からの援助を受けることはなく、女手ひとつで千影は育てられた。幸いなことに、似たような境遇の女性を集めた弁護士事務所を母が立ち上げていたこともあり、衣食住や勉学で不自由した記憶はない。

更に言えば、異母姉も二人に対して好意的で、時間ができると家族としての交流を持ってくれた。だから千影としても、龍平からの呼び出しを本気で嫌がっている訳ではない。

時折、内情を知らない第三者が聞きかじりの情報だけで『嫡子として扱われないのは惨めだ』と同情に見せかけた見下しをしてくることもある。

しかし二十八歳で、ＩＴ企業の社長という肩書きを得ている現状に、千影は十分満足していた。

それぞれ適度な距離感で付き合いが続いており、選挙絡みのお家騒動に巻き込まれたことは今まで一度もなかった。だから余計、今回の呼び出しが腑《ふ》に落ちない。

「現状で頼れる方が、千影様しかいらっしゃらないのですよ」

「何か不味《まず》いことでもあるのか？　不祥事絡みとかなら、俺じゃなんの役にも立たないぞ」

「いえ。その……子どもが絡んでおりまして……」

「まさか、親父の隠し子じゃないだろうな」

流石《さすが》に慌てる千影に、島津が首を横に振る。

「寧《むし》ろそうであれば、問題の処理としては簡単でしたよ。実を申しますと、遠縁の方が虐待――ネグレクトというんでしょうか――をしていると発覚しまして。少々厄介な事態になってしまったのです」

百戦錬磨の腹心が厄介というのだから、大事ではないが燻《くすぶ》らせておきたくない火種なのだろうと千影も察する。いっそ週刊誌に騒がれるような事件なら対処の仕方はあるが、中途半端な事件だとある意味難しい。

大したことはないと放置して、思わぬ炎上に繋がる可能性も決して否定できない。かといって荒鬼本家が直接関わってしまえば、ゴシップ記者が嗅ぎつけてやぶ蛇にならないとも限らない。

「それで、実質関わりのない俺が火消し役に選ばれたって訳か。しかしネグレクトなら、児童相談所なりなんなりがあるだろう」

「何度も介入し働きかけたらしいのですが、母親が随分と弁が立つらしいのです」

島津の説明によると、問題の親族は、千影のはとこにあたる男の妻だと言う。はとこの祖父は本家筋だったものの、何らかの事情があり、結婚相手の桜川家の婿養子《むこようし》になった。その後は荒鬼家とも疎遠になり、千影も今回の話を聞くまでは存在すら知らなかったほど影が薄い。

しかしこのほど、偶然仕事の関係ではとこ一家と従兄《いとこ》との交流が復活し、今回の告発に至ったらしかった。

「しかし、そんな面倒な相手とどうやって話を付ける気なんだ。面倒ごとなら、弁護士を呼べばいいだろ」

「ええ、勿論《もちろん》そのつもりで準備をしていたのですが……その矢先に想定外のことが起こりまして。先日、問題の母親が押しかけてきたんです」

「は？」

「どういう訳か先生を、ヤミ金の業者と勘違いをしているようでした。親族なのだから無担保・無利子で貸せと騒ぎ立てておりまして。それで本日、改めて話し合いの場を設けたという次第です」

「親父はまあ強面《こわもて》だが、テレビにはしょっちゅう出てるだろ。政治家だって知らないのか？」

「ええ、残念ながら……あまり政治に関心がない方のようです」

「……なさ過ぎだろ」

まっとうかどうかは分からないが、仮にも大臣まで上り詰め何十年も国政に関わった大物政治家だ。それを名前も知らないというのは、色々と問題がある気がする。

「で、俺は何をすればいいんだ？　それだけなら、出番はないだろ」

「詳しいことは、また後でお話し致しますので」

返答を濁すということは、どうせろくな『詳しいこと』ではないだろう。

そして千影の予想は、悪い意味で大当たりする。

引退に合わせて建てられた龍平の私邸を訪れるのは、随分と久しぶりのことだった。とうに政界から身を引いたとはいえ、屋敷の周囲は高い塀に囲まれ、監視カメラが何台も付けられている。

住人が何者であるかを知らなければ、確かに、反社会的な商売に携わる団体の元締めが住んでいると勘違いされてもおかしくない。

念のため裏門から邸内に入ると、客間の隣にある控え室に通される。この部屋は隣室の遣り取りが、専用のモニターで見られる作りになっているのだ。

すぐに千影は、来たことを後悔する。

斜め上から客間の遣り取りを映す画面には、上品そうな女性がソファに座り向かいの龍平に笑顔で話しかけていた。龍平の傍には若手の秘書が二人控えているが、二人ともダークスーツなので怪しさが増している。

『――この間、お金を用立てて頂けなかったのは、担保がなかったからでしょう？　ですから、用意してきたんですよ。この子、好きに使ってくださってかまいませんから。働かせるなり臓器を売るなり、私も夫も一切文句は言いません』

おっとりとした調子とは反対の、人の親とは思えない言葉に千影は絶句する。龍平は落ち着いて対応しているが、表情には怒りと呆れが滲《にじ》んでいると見て取れる。

『桜川さん。貴方《あなた》の言い分は、この子を担保にというより、まるで売りにでも来たように聞こえるのだが、どういうことかね？』

『ええ、でもはっきりそう言ってしまうと……一応は家族ですからねえ。それにこの子が自分から、「お母さんを助けたい」って言い出したんですよ』

あれだけ酷い言葉を口にしておいてなお、笑顔で家族だと言える神経が分からない。女は隣に座る子どもを肘《ひじ》で小突く。

『ほら、ご挨拶なさい。ちゃんとしないと、私の躾《しつけ》がなってないって誤解されちゃうでしょ』

『……桜川、望です』

消え入りそうな声が、スピーカーを通して聞こえてくる。集音マイクの性能がよいから辛うじて拾えたが、普通なら雑音にもならない音量だ。

『あの、助けるって、なんのこと』

『黙りなさい！』

一瞬にして女の顔から笑みが消える。能面のような冷たい眼差《まなざ》しを向けて叱責すると、子どもは黙って俯《うつむ》いた。

『まあまあ、この子が担保というのは分かった。それで金額だが——』

俯く子どもを前に、平然と金額の交渉をする大人《おとな》達。ネグレクトの親から引き離すためと分かっていても、子どもの心には傷が残るに決まっている。

「親父のくだらない茶番を止めさせろ。あの子のトラウマになるぞ」

「落ち着いてください。あの母親に、要望どおりに協議が進んでいると思わせるための、あくまで演技ですから」

「それが駄目だと言っているんだ」

そんな遣り取りをしている間にも、龍平と母親の会話が続く。

『しかしどこで、ワシを金貸しだと知ったのかな？』

『夫が「お金持ちの親戚がいる」って、ずっと自慢してたんですよ。私は結婚したのだからご挨拶に伺《うかが》いたいと何度も言ったんですけどね。世間体がどうとかって言って濁されてしまって……いいえ、親戚のお仕事を警察に言おうだなんて、思ってませんからね』

龍平のため息を安堵《あんど》と勘違いしたのか、母親はますます声高に話し続ける。

『でも折角ですしご挨拶をしなくちゃって思って、夫のスマホから住所だけメモして、わざわざ探したんですよ。そしたら、まあ立派なお宅じゃないですか。こんなお屋敷、ねえ……ちょっと普通のお仕事の方は住めませんよねえ』

『……もう一つ聞きたいのだが、借金の理由は？』

『親族の方に言うのも申し訳ないんですけど、夫が薄給で……お恥ずかしながら、生活費の工面のために借金を重ねたんです。この子はそれを知って、自分にできることならなんでもするって。ね、望。そうよね』

向かいに座る龍平からは見えないように、母親が子どもの脚を抓《つね》る。子どもは母親の意図を察したのか、痛みを堪《こら》えるように顔を歪《ゆが》めながらも静かに頷《うなず》く。

一部始終は室内に何台も付けられた隠しカメラで撮られているが、母親は気付いていない。

『この子のバイトでお金を入れるって話にもなったんですけど、頭の悪い子で取り柄もないし。だったら自分を担保にしてほしいって。本当に母親思いのいい子ですわ』

反吐《へど》が出るような話を嬉々《きき》として語る女に、千影は苛立《いらだ》ちを隠せない。

「島津さん、もういいですよね」

「もう暫《しばら》くお待ちを……」

引き留める島津を無視して、千影は部屋を出ると勢いよく隣室のドアを開けた。

「子どもの前でする話ではないだろう」

「なんだ千影、来ていたのか」

白々しく驚く龍平とは反対に、母親の方はぽかんとして突然入ってきた千影を見つめている。我に返ると面倒そうなので、千影は子どもの腕を掴《つか》んで立ち上がらせた。

俯きされるままになっているその体を抱き上げると驚くほど細く、千影は理由の分からない怒りがこみ上げるのを自覚する。

自分は特別子ども好きでもないし、慈善家でもない。

しかし掴んだ腕を離そうとは微塵《みじん》も考えなかった。

「この子は私が貰う」

「あの、お金は？」

「その爺《じい》さんに欲しい金額を伝えておけ。三日以内に私が全額振り込む」

子どもではなく金の心配をする母親を怒鳴りつけたかったが、こんな場所に長居する方が精神衛生上よくないと判断する。

千影はダボダボのスウェットを着た子どもを、腕の中で支えるように抱え直す。細くて小さい体は、力加減を間違えたら折れてしまいそうだ。

部屋を出ると、待ち構えていた島津が頭を下げる。

「最初から俺にあの遣り取りを見せて、引き取らせるつもりだったな？」

「申し訳ありません。一週間ほど、千影様のお宅に置いて貰えればと。早急に預け先を探しますので」

「この子は物じゃないんだぞ。あの女も親父も、何を考えてる。それにこの子の父親はどうした？　妻が何をしているのか、知らないわけじゃないだろう」

「昔から家のことには関心のない男のようでして。今回の件も、見て見ぬ振りで逃げていると思われます」

半ば勢いで連れ出したものの、島津の言葉にますます苛立ってくる。面倒なことに関わったと思っていた千影だが、この子を家には戻せる筈もない。

「大丈夫か？　何か温かい物を飲むか？」

身を固くしている子どもを気遣って顔を覗《のぞ》き込むが、更に身を丸めてしまう。そして消え入りそうな声で、

「ごめんなさい」

と言ったきり、黙り込んでしまった。

この時は自身に降りかかった災難に混乱しているのだと単純に考えていたが、すぐにこの子――望――が想像していた以上に心に傷を負っていたと千影は気付かされた。

痩せて幼く見えていた望が十六歳になったばかりだと知り、驚くと同時にあの母親への怒りをよりいっそう強く覚えた。

その母親は、望が六歳の時に実父が再婚した相手、つまりは継母だという。

実母は病弱で入退院を繰り返した末に亡くなり、一カ月もしないうちに父親は再婚相手とその連れ子を『新たな家族』として迎えたと、望は長い長い時間をかけて、感情の窺《うかが》えない声で話してくれた。

義務教育は辛うじて受けられたが、中学卒業後は家事と弟のサポートをして暮らしていたのだと訥々《とつとつ》と話す望は、

「これからは仁科さんの、身の回りのお世話をすればいいんですか?」

と、ぎこちなく笑った。

既に望は、何もかもを諦めているのだと、この時千影は確信する。

周囲に頼れる大人はおらず、恐らくは友人を作ることも許されていなかった望。

可哀想《かわいそう》だと哀れむ気持ちより、何としてでもこの孤独な子どもを幸せにしてやりたいと思

った。

千影は引き取ったその日のうちに、一年のブランクのある望でも入れる通信制の高校を探し、やや強引に入学することを了承させた。最後まで望は、『学費が払えない』と渋っていたが、それは千影の日常生活をフォローしてもらうことで相殺すると言い聞かせた。


そして現在。

望は家事だけでなく、仕事の手伝いを任せられるほどの優秀な少年に成長していた。今では千影以上に家のことを把握しており、望のお陰で生活が成り立っていると言っても過言ではない。

ただ、気がかりなことがあるのも事実だ。

ネグレクトの影響なのか、望には不安定な面がある。未《いま》だに買い物などの必要最低限しか外出はせず、高校も必修単位のスクーリングにどうにか通う程度だ。

勢いで連れ出したものの、一人の人生を引き受けたという自覚はあるので、責任を持って面倒を見ると心に決めている。

龍平も望が精神的に落ち着いてから度々顔を出し、次第に孫のように可愛《かわい》がるようになっていた。

望を自宅マンションに住まわせるようになってからは、流石に女性と遊び回るような生活は改めた。それまでの千影を知る仕事仲間からは『突然子持ちになって、ストレスが溜《た》まるだろう』『行き過ぎた慈善家』などと、揶揄《からか》われたことも少なくない。

自分のように好き勝手生きてきた人間が、軽々しく手を出していい問題ではないことも自覚はあるが後悔はなかった。

大人達の身勝手で放り出された望を、自分まで傷つけてしまったら、今度こそこの子は人間を信じられなくなるだろう。

だから保護者として、千影は望の人生に責任を取らなければならない。

「千影さん、おはようございます。朝ご飯できましたよ」

明るい声が、ダイニングキッチンに響く。

「ああ、今行く」

普段通りの朝の遣り取りで、千影の一日が始まる。

□□□

曇り空を見上げて、望は唇《くちびる》を尖《とが》らせた。

「今日は一日晴れるって、天気予報で言ってたのに。雨、降らないといいんだけど」

秋も深まり、そろそろ本格的な冬物が必要になる季節。ここ数日は暖かい晴れの日が続いていたので、すっかり油断をして洗濯物を盛大に干してきてしまった。

雲が広がると同時に風向きも変わったようで、北風が吹き付けてくる。

——あの日も、曇ってて寒い日だったっけ……。

エコバッグを片手にスーパーまでの道を歩きながら、ふと望は思い出す。『あの日』とは、自分が千影に引き取られた日のことだ。

三年前、突然継母に連れられ立派なお屋敷に連れて行かれた望は、どういう訳か借金の担保として売られてしまったのだ。突然のことで理解が追いつかず、その時自分が何を話したのか、周囲の大人達がどんな遣り取りをしたのかなどは、朧気《おぼろげ》にしか覚えていない。

気が付いたら千影と二人で、タクシーの後部座席に座っていた。

後日、千影と共に受診した精神科医によると、それまでの生育状況や、生活環境が突如変化したストレスで軽度の記憶障害だろうと指摘された。

簡単に言うと『嫌なことを忘れる、脳の防衛本能』だと、医者は丁寧に説明してくれたのを覚えている。

千影に引き取られた望は、彼の『身の回りの世話をすること』を条件に同居を開始し、三年が過ぎた。

——あの時の千影さん、格好良かったなあ。

全てを忘れている訳ではない。自分を抱き寄せ、『この子は私が貰う』と言い切った千影は、とにかく素敵で見惚れてしまったほどだ。

咄嗟に、この人のもとで働けるのなら家にいるよりはずっと幸せだと、望は思った。そしてその直感は間違いではなく、それどころか予想もしていなかった待遇で迎え入れられたのである。

まず、家具の揃《そろ》った自分の部屋があり、食事も好きなときに食べていいと言われた。高校に通っていないと知ると、千影はすぐに暫く学業から離れていた望でも入学できる通信制の高校を幾つかピックアップしてくれたのである。

それも、

『学費も生活費も、全て金のことは気にするな』

との言葉付きで、だ。

中学を卒業したら家族に尽くすように、と継母から言われてきた望は、大げさでなく卒倒しそうなほど驚いた。

流石にそれは申し訳ないと辞退しようとしたが千影は許してくれず、最初に約束した『身の回りの世話をすること』を盾にして、

『望には家のことをやって貰うんだから、これは当然の報酬だ』

と聞く耳を持ってくれず、結局翌年の春に千影のマンションから一番近いビルでスクーリングの可能な高校に進学した。その上、初年度は殆ど通えず、一年余分に通うことになってしまった。

今でも、分不相応な優しさに守られているジレンマに、望は自分が情けなくなる。早く自立してこの数年にかかった費用と借金を返したいけれど、それを口にすると必ず千影ははぐらかしてしまう。

それは当時の望の記憶が曖昧で、あの遣り取りの詳細を覚えていないと思っている千影の優しさだ。

――ほんと、千影さんは優しすぎるよ。格好良くて優しくて……好きになるのも、仕方ないよ。

千影への恋心を自覚したのは、引き取られて半年ほどした頃だ。それまで望は、恋愛なんて考える余裕のない生活環境にいたから、初めは戸惑った。

優しくしてくれるから好きになってしまったのかと、悩んだ時期もあった。幸いだったのは高校に入ってからできた友人の中に、異性愛者でないことをカミングアウトしている人がいたことだ。周囲も気にしていないという現実を見て、望は自分の気持ちを受け入れられるようになった。

だからといって、千影が同じような考えとは全く思っていない。

千影は隠しているけれど、女性と付き合っていたのは知っている。過去形なのは、望が同居して暫くすると、家の中から女性が持ち込んだ衣類や化粧品が消えていたからだ。

未成年の望に気を遣っているのだと察したから、望もあえて気付かない振りを通した。

幾ら優しくても、異性愛者の千影に振り向いてもらうのは難しいと望も分かっている。

何より千影は『保護者』という立場で、望を守ってくれている。

恋愛どころか、対等に見てもらっていないのだから、告白したところで信じてもらえない可能性だってある。

――でも、今年は絶対に言おう。そしてきっぱり振ってもらって、千影さんとお別れするんだ。

冷えてきた指先を擦《こす》り合わせ、望は唇をぎゅっと引き結ぶ。

次の誕生日。クリスマスに望は二十歳を迎える。必修単位も取得済みなので、春になれば卒業だ。

継母に売られた日は、クリスマスだった。実母が亡くなってから実家で誕生祝いをして貰っていないので、継母も忘れていたのだろう。いや、知っていたとしても、継母は気にも留めなかったに違いない。

望の傷ついた心はこの三年、クリスマスが近づくと不安定になり、当日は熱を出して寝込んでしまうので、いつも誕生祝いはお正月に延期していた。それでも呆れず望を心配し、望が落ち着くまで看病してくれる千影には、感謝してもしきれない。

最初の頃は特に酷く、今日みたいに急に寒くなっただけで寝込んでいたから、今はかなり改善していると自負している。

——もう精神的にも落ち着いてきたし、一人で生きていける。ううん、生きていかなくちゃいけないいんだ。

進路に関して、千影は大学進学を勧めてくれる。龍平も千影に同意し、気にかけてくれていた。

けれど自分をあの酷い環境から救ってくれた優しい二人に、これ以上の迷惑はかけられないと望は思うのだ。

既に保証人なしで借りられるアパートも、何軒か調べてある。当面の資金は千影の仕事を手伝ったバイト代がかなり貯まっているので、どうにかなるだろう。

コートのポケットから、軽い振動と電子音が聞こえて望は我に返り足を止めた。ポケットからスマートフォンを出して、画面を確認する。

千影からメッセージが入っていると表示されており、心臓がどきりと跳ねた。

『いま駅に着いた。何か買う物あるか？』

「えっと……『買い物中だから大丈夫です』……」

『待ち合わせて、一緒に帰ろう』

何気ない遣り取りが、嬉しくて堪《たま》らない。彼はいつでも、望の欲しい言葉をくれる。それはきっと、保護者としての義務によるものだろう。

分かっていても彼からの言葉に一喜一憂してしまう気持ちを抑えられない。

何気ない遣り取りを重ねる度、望は甘えてはいけないと心の中で自分に何度も言い聞かせる。そうしないと、『二十歳になったら振ってもらって家を出る』という決心が揺らいでしまいそうだった。

——今年の誕生日、熱が出ませんように。

望の願いはただ一つ、大切にしてくれた千影と一緒に笑って誕生日を迎えること。

それだけだ。

決して卑屈な気持ちではない。大好きな千影に、一人でももう大丈夫だと認めて貰い安心させることこそが、一番の恩返しだ。

待ち合わせ場所を送信し、望は小走りに千影の元へと向かった。

「あれ……？」

スマホのアラームで目を覚ました望は、目元に違和感を覚える。片手で自分の顔を触ると、涙の乾いた痕が指先に伝わった。

「夢、見てたのか」

天井を見上げて、ぽつりと呟《つぶや》く。はっきりとは覚えていないけれど、こんなふうに目覚めるときは大抵実家にいた頃の夢を見た後だ。

千影と暮らし始めた直後は毎晩のように魘《うな》されていたけれど、最近はぱったり見なくなっていたから、少し驚いた。

――ちょっと悲しいけど、大丈夫。

夢の断片が記憶に残っているけれど、パニックになる程ではない。望はアラームを切ると、ベッドから出る。

六歳の時に実母が亡くなり、一カ月も経たないうちに父が継母と一歳年下の男の子を家に連れてきた。父は望に『新しいお母さんと、弟だ』と、二人を紹介した。

最初の一年は、ごく普通の家族だったと思う。継母は望に優しく接してくれたし、突然兄弟になった宙《そら》は『お兄ちゃんができた！』と無邪気に慕ってくれた。

当時人見知りが激しかった望と違い、明るく社交的な宙は父方の親戚にも気に入られてすぐに打ち解けた。程なく宙は継母と周囲の勧めで、芸能事務所へ入ることになる。そして本格的に芸能活動をするようになってからは、ますます周囲は宙に注目し望を見なくなった。

そして次第に、継母は望を家族の枠から排除しようとし始める。切っ掛けは、今でもよく分からない。恐らくはそれが継母の本性なのだろうと、以前千影が言っていたから、多分何が悪いということではないのだ。

当初、弟の宙は母と望の関係に戸惑っていたようだが、母の言動を真似《まね》し始めるまでにそう時間はかからなかった。

継母は望をあからさまに嫌うようになり、いつしか一緒に食卓を囲むことを許されなくなった。父はといえば仕事が忙しいからと言って、望が話しかけても上の空。徹底して、家族の問題には無関心を貫いていた。

それでも望は、いつかまた父と継母、宙と笑い合える日が来ると信じていた。いや、願っていたと言った方が正しい。

息を潜めてじっとしていれば、少なくとも『家族』の中にいられた、……と思っていたのは自分だけで、結局自分は『いらない子』として追い出されてしまった。

「もう『家族』じゃないのに。へんなの」

あの家に戻りたいのかと問われたら、違うとはっきり言える。でも心の端っこに、小さな棘《とげ》みたいな未練が残っているのも事実だ。

小学生の頃から家事の殆どを担い、宙を売り出すためにネット配信の動画編集も覚えた。

なのに労《いたわ》りの言葉など継母からかけられた記憶は一度もない。

それどころか、家族ではない望を仕方なく置いてやっているのだから感謝しろと、ことあるごとに言われ続けた。長年継母から受けた仕打ちは暴力こそないが虐待の一つだと、理解している。

だから過去に苦しめられることはあっても、彼等を懐かしむ気持ちなんてないはずなのに、時々夢に見ると恐怖だけではない感情がこみ上げてきて、泣いてしまうのだ。

勿論、望は元の家に戻る気などない。

千影と一緒にいられる時間を大切にしたいのに、過去に囚われて不安定になってしまう自分が嫌だ。

「しっかりしなくちゃ。千影さんに心配かけられないからね」

両手でぱちんと頬《ほお》を叩《たた》いて、望は気持ちを切り替え朝食の準備をするためにキッチンに向かった。

暫くすると千影が入って来る気配がしたので、いつも通り朝の挨拶をする。

「おはようございます、千影さん」

「大丈夫か？　顔色悪いぞ」

普段通りに振る舞った筈なのに、千影はあっさりと望の変化を見破った。

――どうして分かるんだろう？

体調面でも精神面でも、望が少しでも不安定になると彼はすぐ気付いてくれるのだ。こうなると、誤魔化すことは無理だと望も分かっているので素直に認める。

「昔の夢を見て、少し悲しくなったけど。もう平気です」

「……無理はしてないか？」

「心配しすぎです、千影さん」

「今日はスクーリングだったよな。学校まで送る」

「そんな心配しなくても、平気です」

引き取られた当初は部屋に引きこもって、一年次はスクーリングとして必要とされる日数にも満たないほどしか登校できなかった。今では普通に出かけられるし、千影以外の大人とも臆せず話せるようになっている。

「医者から無理はするなと言われてるだろ。それに少しでも不調が出たら、俺に言えって何度も話し合ったよな」

「……ごめんなさい」

「怒ってる訳じゃないから謝るな。学校に行くのは止めないが、送り迎えはするぞ」

「はい」

彼の向けてくれる過保護とも思える優しさを、素直に嬉《うれ》しいと思う。大切にされていると分かるから心配させたくないのだけれど、時々こうして間違ってしまうのだ。

「望、コーヒーは俺が淹《い》れるからベーコンエッグを頼む。車だから、少し早めに出た方がいいだろ」

キッチンに並んで立つ千影に、望は頷いてみせた。


望の通っている高校は、オンラインでの授業がメインだ。ネット上でクラスメイトや担任とのコミュニケーションが取れるので、スクーリングの日数も少ない。

最初の一年間は最低限の日数も通えなかった望だけれど、二年目には気の合う友人もできたこともあり積極的に登校するようにしている。

「行ってきます」

「迎えに行かなくて、本当にいいのか？」

「大丈夫、一人で帰れます」

車内で『迎えはしなくていい』と説得した望に、千影はまだ不満そうだ。彼がここまで過保護になってしまうのには、理由があると分かってはいる。

千影の元に来てから『自由にしていい』と言われた望は、引き取ってくれた彼が望むとおりの自分で在りたいと、笑顔で『自由に生きたい』と告げだ。そして初めてのスクーリングの日、望は通勤ラッシュで人酔いして学校の最寄り駅で倒れてしまったのだ。

知らせを聞いて駆けつけてくれた千影の胸の温かさに、望はどれだけ救われたか分からない。

――望、望。息をしっかり吐け。俺の心音を聴いて。

――大丈夫だ。俺がここにいる。

――無理に声を出そうとしなくていいぞ。顔見ればだいたい分かるからな。

迷惑をかけてしまったと謝ろうとする望を制し、千影は優しく声をかけ続けてくれた。帰宅してからも千影は嫌な顔一つせず『望のペースで登校すればいいから』とまで言ってくれたのだ。

それからは千影公認で、ほぼ一年引きこもっていた。

パニック症状に襲われるたびに千影に抱き寄せてもらっていたので、今でも望は不安になると条件反射のように千影の心臓の音を思い出す。

千影の知り合いだという心療内科医にも往診に来てもらい、カウンセリングや処方薬にも随分と助けられたが、千影の大きくて温かい胸がなければ、こうして登校することも未だにできずにいただろう。

こんな自分が情けなくて仕方ないが、原因は全て、継母にある――と今では分かっている。

継母はネグレクトの発覚を恐れたのか、望に可能な限り他者との接触をしないよう強く命じていた。クラスメイトと喋《しゃべ》ったと分かれば、『お前が話しかけると、相手に迷惑だ』と何時間も説教をされた。次第に望は学校で口を開かなくなり、不審に思った教師が尋ねて来ても母は『人見知りで無口な子ども』と説明をして追い返していた。

そんなことが続けば、自然と望は孤立する。虐めこそなかったが、腫れ物を扱うような視線が苦しかった。

「おはよう望。千影さんと一緒に来たんだろ、折角だから授業見学と進路相談しに来ればよかったのにな。望の成績なら、大学入試はそこそこのとこが狙えるんだろ」

校舎に入ると、すぐ声をかけてきたのは初めてできた友達の天白遊里《あましろゆうり》だ。

「おはよう、遊里……って、見てたんだ。それと、僕の進路は就職に決めてるからいいんだよ」

「欲がねーな」

「大体、授業を見られるなんて、恥ずかしいよ」

数人いる友人達も、それぞれ事情があって対人恐怖症ぎみだ。しかし遊里は社交的で、課外授業や他クラスとの合同発表会などにも積極的に参加している。そして望に、千影に対する気持ちを認められる切っ掛けを作ってくれた人でもある。

「俺だったら、恋人に見てってもらいたいけどな。なんかこう、ドキドキするじゃん」

「遊里はいいだろうけど、僕は無理。緊張で倒れるよ……それと、千影さんは僕が片思いしてるだけで恋人じゃないってば」

「まあまあ、そう真面目《まじめ》に取るなって。それより、昨日更新された生徒用のページ見たか？」

「授業内容に変更あったの？」

スクーリングの前日は、体調を整えるために早く寝るようにしている。緊急の連絡ならメールが入るのだが、今朝スマホを確認したときは何もなかったと記憶している。

遊里は違うと、首を横に振りにやりと笑う。

「ネットで学校のキャンペーンやるって話、知ってるだろ。そのCMに、あの『ソラ』が起用されたんだよ。もう女子達、大騒ぎしてるぜ。俺、芸能人って生で見たことないんだよな。校舎で撮影があるって噂《うわさ》も出てるから、運がよければ見れるかも！」

「……ソラに、決まったんだ」

一瞬、望の表情が曇った。だが幸い、遊里は気付いた様子はない。

『ソラ』は、弟『宙』の芸名だ。小学校に上がって程なく、宙は子役としてデビューした。母親譲りの整った容姿と明るい性格がプロデューサーの目に留まり、何回かは朝ドラの端役として出演している。

ただやはり芸能界はそう甘くはなく、高学年になった辺りから仕事が減った。ぱらぱらと舞い込む仕事も地上波ではなくネット配信のドラマ。やがて、ネットでの露出を増やす目的で始めた自主配信の動画が、活動の中心になっていった。

その動画の編集も配信作業もほぼ望がやっていたので、宙も継母もネットに関しては全くの素人《しろうと》と言っていい。

他にも継母から『宙は芸能活動に専念させるから』という理由で、宙はそういった活動に理解のある私立に転校し、出席の代わりに提出する課題も望が全て代行していたのだ。

そのお陰といっては変だが、高校の課題も望に代行させるつもりでいたらしい継母は、ネットで高校の自主学習をすることは許可していた。

しかし三年前、突然望がいなくなったことで、事態は一変したはずだ。家事は勿論、配信作業から課題に至るまで、色々と大変だったに違いない。

引き取られて暫くして、ふと望は、自分がいなくなった場合、彼等が困ると容易に想像ができて正直複雑な気持ちになった。

無条件で手を差し伸べるほど、望はお人好しではなかったし、かといって手放しで喜べるほど憎んでもいない。宙は継母の見ていないところでは、配信に関してのアドバイスや提案に耳を傾けてくれたし、継母も視聴者が増えると機嫌がよくなり、望を褒めてくれた。

——芸能活動、続けてるんだな。

荒鬼の元に連れて行かれてから、継母だけではなく家族の誰からも連絡はない。

結局の所、僅《わず》かでも『家族』の輪に入れたと思っていたのは望だけだったのだ。心に引っかかっていたものが一つポロリと取れたような気がして、望はため息を吐く。

——僕がいなくても、桜川家は何も困ってない……よかった。

苦しんでほしい訳じゃない。

ただ少しだけ、自分の居場所が残っているのではと、歪んだ希望のような物が残っていただけ。薄々は自分は必要ないと分かっていたことが、現実として突きつけられただけのことだ。

多分だけれど、もし望が桜川家の近況を知りたければ、千影は差し障りのない範囲で教えてくれただろう。

聞けなかったのは桜川家との関わりを絶ってくれた千影達に遠慮をしていたという理由もあるが、まるで自分がいなかったかのように楽しく暮らしている家族の現実を直視したくなかっただけだ。

「そうだ。俺、教務課に提出しなきゃいけない書類があったんだ。望は先に教室行っててくれよ」

「ここで待ってるよ」

廊下を走っていく遊里を見送り、望はふとため息を吐く。

――宙、ちゃんと頑張ってるんだな。

自分の力で仕事を勝ち取ったのだから、宙には才能があったのだろう。

弟の成功と、それを喜ぶことのできた自分に、正直ほっとする。

――僕は狡《ずる》いのかな。……嫌だな。

この気持ちが偽善なのか、それとも本心なのか分からない。

悪い方向にうだうだと考え込んでしまいそうになっていた望だが、突然背後から肩を叩かれて我に返った。

「おい」

驚いて振り返ると、そこには望より少し背の高い少年が立っていた。明るい茶色に染めた髪と、切れ長の目。纏《まと》う雰囲気が明らかに一般の生徒とは違っており、望は息をのむ。

「相変わらず、間抜けな顔してるな。望は」

「……宙？」

名前を呼ばれて、やっと彼が弟の宙だと気が付いた。継母に似た綺麗《きれい》な顔立ちだったが、この三年で随分とキツイ印象に変化していた。

――分からなかった。

記憶にある宙は、まさしく『天使』のような可愛らしい少年だった。確かに目の前にいる宙は綺麗で、芸能人らしい目を引く雰囲気を纏っている。

けれど望からすると、全く知らない別人に変身したかのような印象を受けたのだ。

「お前、ここに通ってるのか。……学費は借金？」

「ううん。一緒に住んでる人の厚意で……あ、でも就職したら全額返すよ」

「引き取った家の人に、我が儘言って迷惑かけたりしてないよな？　ああ、悲劇のヒロインぶって、同情誘ったの？　それとも土下座した？」

あからさまに馬鹿にした口調で、宙が次から次へと質問を浴びせてくる。

「えっと、僕は進学は大丈夫だって言ったんだけど、通いなさいって言われて。土下座はしてないよ？」

「ほんと、真面目に答えるとか相変わらず馬鹿だよな。そういや、お前どうやって生活してんの？　働いてるんだよな？」

「……仕事っていうか、家の事全般を任されてる。あと仕事は少しだけ、プログラミングの手伝いとかも頼まれてるよ。宙は元気にしてた？」

違和感を覚えたのはつかの間で、望は気さくに近況を聞いてくれる宙にできるだけ丁寧に答えた。けれど話すうちに宙の表情は歪み、望を見つめる視線は鋭さを増す。

「見れば分かるだろ。っていうかさ、空気読めよ。なにへらへら笑ってんだよ。親に捨てられて不幸のどん底に落ちてるお前が見たかったのにさ。分かった、強がってるんだろ？　自分は幸せですって演技してる？　すげー笑えるんだけど」

「……宙、どうしちゃったの」

望も流石に、宙から向けられるあからさまな悪意に気付いた。

実家にいた頃はあまり会話をしなかったけれど、罵倒されることもなかった。雰囲気も何も変わってしまった宙を前にして、望は困惑を隠せない。

「別にどうもしてねえよ。お前が馬鹿で能天気だから、苛々しただけ。……お前、俺と義理の兄弟だって、誰にも話してないだろうな」

「言ってないよ……その……宙に迷惑かかっちゃうから」

宙が子役デビューをした当初から、望は『兄弟であることを言うな』と継母から何度も注意されていた。表向きは芸能人が身内にいると知られれば、煩わしいアプローチが増えるだろうということで、それくらいならば自分は構わないと望は思った。

しかし程なく、本当は違う理由があると知ることになる。

継母が親族に、『義理とは言え、何の取り柄もない望が兄だなんて知られたら恥ずかしいし、宙の仕事に支障が出る』と話しているのを聞いてしまったのだ。それ以来、望は周囲から宙に関して何を聞かれても、無言を通してきた。

「弁《わきま》えてるならいいよ。兄弟って言っても、血は繋がってないわけだし。他人だもんな」

嘲るように話す宙に、望はただ黙って頷くしかできない。

「お前がいなくなって、母さんはよく笑うようになったんだ。俺も大きな事務所に移籍できたし、やっぱり望は疫病神だったんだなって、母さんと父さんが話してた」

「え……父さんが？」

無関心な父まで自分をいらないと口にしていたと知り、望は愕然《がくぜん》とする。うすうすは気付いてはいても、聞きたくなかった。

望がショックを受けたと分かったのか、宙がにこりと微笑《ほほえ》む。元が綺麗なので笑顔も見惚れるほどに美しいが、何処か恐ろしい笑みに望は背筋が冷たくなる。

「やっぱり不幸なヤツは、不幸な顔してるのがお似合いだよ。お前は笑ったって俺みたいに可愛くないいんだから、笑うの止めた方がいいよ、望。笑って周りを不愉快にさせるより、俯いて隅っこにいた方がお前のためだよ。馬鹿は目立たないように隠れてろ」

「なんでそんな酷いこと、言うの？」

「酷い？　これは馬鹿な望が周りから嫌われないためのアドバイスだよ。そんなことも分からないの？　そうそう、今回の仕事はかなり注目されてるんだ。雑誌で特集組まれたし、連ドラのオファーも来てるんだぜ」

「……すごいね」

「当然だよ。お前がいなくたって、俺は実力でのし上がれるんだ。学校側にも、お前のことは一切言わないから、望も余計なことを言って邪魔するなよ」

「うん……」

「俺の家族は、父さんと母さんと俺の三人だけだ。事務所の公式プロフィールにもそう載せてあるから、絶対にバラすんじゃないぞ」

肩を強く摑まれて、望は痛みに顔を歪めた。

と、その時。少し離れた教室の入り口から、芸能事務所のスタッフらしき女性が声をかけ

てくる。

「ソラ君、校長室で撮影始めるから準備を……そちらの方は？」

「あ、俺のファンなんだって。サイン頼まれちゃって。ちょっと待っててください」

笑顔で答える宙は、それまでの言動とは真逆のまさに『天使の微笑み』を浮かべていた。

その表情を全く崩さず、宙が望の耳元で囁く。

「ノートと書くもの貸せ。早く！」

大人しく鞄からノートとボールペンを出すと、それをひったくるようにして宙が表紙にサインを書いた。

「ありがとう。撮影は午後までやってるんだ。現場は入れないけど、向かいの校舎からならちょっとは覗けると思うよ」

「ソラ君のこと、これからも応援よろしくね」

天使の笑顔で頷く宙に、スタッフの女性も微笑んでいる。

彼女は何も言えない望を、感動していると勘違いしてる様子だ。二人が校長室に入ると、程なくして遊里が戻ってくる。

「遅くなって悪い、担任に捕まってた。ったく、ちゃんと提出したんだからちょっと遅れたくらいでそんな怒るなっての……望、どうしたんだ？」

「ううん、なんでもない。早く教室に行こう」

宙の言葉が胸に刺さって消えてくれない。望は遊里の話に半ば上の空で頷きながら、教室へと向かった。

■■■

スクーリングから帰宅した望は、明らかに様子がおかしかった。

「ただいま」

「お帰り。望、具合が悪いのか？」

「大丈夫です」

いつもの望なら学校であった出来事を話してくれるのに、じっと押し黙っている。表情も暗く、千影と視線を合わせようとしない。

「お夕飯の支度《したく》、しますね」

「いい。今日は俺が作る」

「でも」

「いいから、望は風呂《ふろ》入ってゆっくりしてろ。ええと……ハヤシライスでいいか？」

「……はい」

まるで引き取って間もない頃のようだと、千影は思う。

この状態の望には、無理に話しかけない方が良いと経験上分かっている。ネグレクトの影響で、望は過剰に大人の顔色を窺う癖が付いてしまっているのだ。

――こういう時は、無理に聞き出しても意味がないからな。

本心を隠して、大人の望む無難な答えを返すに決まっている。やや強引に望をバスルームへ連れて行き、千影は久しぶりにキッチンに立った。


その夜、千影が自室で書類の確認をしていると、ドアが控えめにノックされる。

「あの……」

「早く入れ、冷えるぞ」

予想していた時刻より少し遅い時間だ。それでも以前のようにノックを躊躇《ためら》い、睡魔に負け廊下で寝てしまう状態よりずっとマシになっている。

「千影さん。ちょっとだけ話しても、いいですか?」

ドアが開いて、不安げな表情の望が顔を覗かせた。パジャマの上にカーディガンを羽織っただけの望は心なしか震えていて、まるで捨てられた子猫のようだ。

「おいで、望。一々聞かなくたって、いつでもお前の話を聞くって言ってるだろ。今更、遠慮なんてするな」

子どもにするみたいに優しく声をかけて手招くと、ぺこりと頭を下げてから部屋に入ってくる。そして定位置になっている、千影のベッドに腰《こし》を下ろす。

「仕事の邪魔して、ごめんなさい」

「いいよ。お前が来るまでの暇つぶしだったからな」

書類を片付け、椅子を動かして望と向き合う。

「僕が来るの、分かってたんですか」

「そりゃあ三年も一緒にいればな」

不安そうだった望が嬉しそうに微笑みかけて、すぐに唇を嚙《か》んで表情を消す。

感情を押し殺そうとするその仕草に、千影は眉《まゆ》を顰《ひそ》めるが今は何も問わないことにする。

――もう少し、様子を見た方が良いな。

自分から話し出すまで待たないと、望は抱えている問題を隠してしまうだろう。そうなると解決するまでに、余計な時間がかかってしまう。

「えっと……その、千影さんのお母さんは、どうして龍平おじいちゃんと結婚しなかったんですか?」

他愛のない問いにも、千影は怪訝《けげん》な顔一つせず、ああと頷く。

「しきたりが面倒、とか言ってたが。まあそれは、親父に対する建前だけどな」

望を引き取る際に、母親には事情の説明も兼ねて一度だけ直接会わせていた。今でも現役の弁護士である彼女と望は、偶《たま》にネットの画面越しに話をする程度の間柄である。

どうやら母は望を気に入っており、同居をして面倒を見ると説明すると、何故か『望君に迷惑かけるんじゃないわよ』と千影の方が注意された。後日改めて母からは『人の人生を背負う覚悟があるか?』と問われたが、あの日見た光景が脳裏から離れない千影は迷うことなく頷いたのを覚えている。

同居を始めると対人関係の問題など全く気にならないほど、望は完璧に家事をこなし、千影の生活の質は驚くほど向上した。何より変化したのは、一人暮らしをしていた頃は毎晩のように顔を出していた、知人の開く集まりに参加しなくなったことだ。

殆どは華やかなパーティーだったが、あからさまに出会い目的の会もあり一晩限りの関係を持った相手は両手を超える。互いにストレス発散も兼ねていたからトラブルは起きなかったけれど、宜《よろ》しくない行為だったと今なら分かる。

そんな仕事と遊びに明け暮れ心がささくれ立っていた日々は、望が入ってきたことで一変したのだ。

最初は他人との生活ができるのか不安もあったけれど、不思議なほど自然に望を受け入れることができた。それは望の言動の端々から、自分を信頼してくれていると分かるからだ。

だからこそ、自分も望の寄せる信頼に応えたいと思える。今日のように不安定になっている日は、できる限り寄り添ってやりたい。以前の千影なら、考えもしなかったことだ。

「本音を言えば、キャリアを捨てたくなかったんだよ。政治家の嫁《よめ》になれば、どうしたって弁護士の仕事は続けられない。それと荒鬼の苗字には、どうしてもなりたくなかったんだと」

「どうしてですか？　やっぱりお仕事に支障が出るから？」

旧姓のまま仕事を続けても問題ないだろうが、やはり色々と面倒はある。しかし千影は苦笑して首を横に振る。

「怖いから、って言ってたな。荒鬼の先祖は、鬼と暮らしていたとかいう言い伝えがあるらしいんだ。なんでも子どもの頃、鬼の怖い話を聞いてトラウマらしい」

「ええっ。おばさま、そういうのって信じてなさそうだけど……」

「クールな顔してるけど、昔から怪談とか苦手なんだよ。ホラー映画のＣＭ見ただけで、チャンネル変える人だしな」

キリッとしたキャリアウーマンの姿しか知らない望はそのギャップが信じられないのか、ぽかんとした後でくすりと笑う。しかし急に両手で頬を叩いて、表情を消した。

「どうした？」

「……なんでも、ないです。あの……荒鬼家のご先祖様って、鬼と暮らしてたなんてすごいんですね」

様子がおかしいのは明白だが、問いかけるタイミングを間違えては拗《こじ》れてしまう。あえて千影は、追及はせず気付かぬ振りをして話を続けた。

「恐らく修験者《しゅげんじゃ》や、外国人を鬼と勘違いしたってオチだろう。あの人も本気で信じてる訳じゃないだろうが、子どもの頃の刷り込みってヤツでどうしても荒鬼の籍に入るのが怖くて嫌だったんだと」

望がぽかんとしているのも、無理はない。現役で幾つもの案件を抱えて飛び回っている理知的な女性の弱点が『鬼の昔話』なんて、信じられないのも当然だ。

「正直に言えば親父が傷つくからって理由で、口止めされてる。だからこの話は、親父には秘密で頼む。真実を知ったら、あの親父『自分が姓を変える』なんて言い出しかねない」

なんだかんだで、龍平は母にベタ惚《ぼ》れだ。

母との交際が周囲に知られた時は、それこそ全ての人脈を使って母を守り通したと聞いている。

「分かりました。絶対に言いません」

真顔で頷く望に、つい頬が緩む。保護者としての贔屓目《ひいきめ》を抜きにしても、望は可愛らしい。

芸能人のように特別目を引くという訳ではないが、一緒にいて心が温かくなる相手なのだ。

特に望の笑顔は、仕事に追われる千影の癒しになっている。

「まあ、俺にしてみりゃ親父の顔の方がよっぽど鬼みたいだと思うけどな。お袋はあれが『可愛い』んだと」

異母姉とも父親の顔は『鬼瓦』だと、意見は一致していた。

目元や口元など僅かなパーツは似ているが、どちらかと言えば姉も自分も母方の血が濃く出ている。

「姉さんも俺も、親父に似なくて正直ほっとしてるんだ。昔は姉さんと顔を合わせる度に、お互い『似てきてないよな』って確認し合ってたくらいだからな」

「荒鬼家の人達は、仲良しですよね」

ふと、望の表情が陰る。

龍平の先妻の命日には、どんなに忙しくても四人で墓参りをするのが恒例行事だ。望を引き取ってからは、五人で行くようになった。

「僕の父さんは、母さんのお墓参りに行ったことないや。お墓がどこにあるのかも、忘れてると思う」

――あの影の薄くて、自分のことにしか関心がない男か。あんなのに墓参りに来られても、お母さんだって迷惑なだけだと思うぞ。

流石に口に出すのは大人げないので、父親に対する罵倒は心に留《とど》めた。

「望が毎年墓参りをしてるんだから、寂しくはないと思うぞ」

望を継母から引き離した後、着の身着のままで連れ出したことに気付いた千影はすぐに龍平の秘書の島津に連絡を取った。私物を実家から持ってくるよう頼み、望にも必要な物はないかと問うと望は小さな声で、けれどはっきりと『母さんの位牌《いはい》』と答えたことを思い出す。継母はともかく、一度は結婚した父親がどう出るか不安はあったが、拍子抜けするほどあっさりと了承したのだ。

後に島津からの報告で、『処分に困っていた様子だった』と聞かされ呆れ返ったのを覚えている。

「……僕は、幸せになったらいけないのかな」

唐突に望が呟く。

流石に聞かなかった振りはできなくて、千影は問いかけた。

「さっきからどうしたんだ？　折角笑ったかと思ったら、急に真顔になったりして」

「僕は……笑わない方がいいんです。周りの人が、不愉快になるから」

「そんな馬鹿げたこと、誰に言われた？」

意図せず、声が低くなる。この子どもの心に傷を負わせた相手を今すぐ探し出してぶん殴ってやりたい。

「今日、宙に会ったんです。学校のＣＭに起用されて、その撮影で来てて。元気そうでした」

内心、千影は舌打ちする。継母の連れ子だった宙との関係は、あまり良くなかったと記憶している。しかし望が家を出てからは桜川家からの接触がなかったので、存在を完全に失念していた。

千影でさえ想定していなかった人物の名を挙げられて、一瞬考え込む。けれど続いた言葉に、怒りが再燃した。

「不幸な僕は笑わない方がいいって、教えて貰って……」

「望の笑顔は可愛い。俺が保証する。笑ってなくても可愛いが」

思わず椅子から立ち上がり、望の肩を摑んで力説してしまう。

「へ？」

千影の勢いに驚いたのか、望が呆気《あっけ》に取られた様子で見つめてくる。

——俺はなにを言ってるんだ。励ますにしたって、言い方があるだろ。

「へんな千影さん」

くすりと笑う、望の目尻《めじり》には涙が滲んでいた。

「可愛いよ。望の笑顔は俺の癒しなんだから、自信持て。それに俺と一緒に暮らしてて不幸だと思うか？」

ううん、と首を横に振る望の隣に腰を下ろして、落ち着かせるように背中を撫《な》でてやる。

「何があったのか、聞かせてくれるか？」

頷いた望が、ぽつぽつと学校での出来事を話し始めた。

無意識に体を傾けてくる望を、千影は優しく抱きしめる。成長期にネグレクトを受けていた影響で、今でも望は同年代の少年と比べて大分華奢《きゃしゃ》だ。

何もかも弟と比較され続けコンプレックスの塊になっていた望は、久しぶりに会った宙の言葉を真に受けてしまったのだろう。

「――それで少し話をして……でもやっぱり僕は、家族じゃなかったみたいです」

投げつけられた酷い言葉に憤《いきどお》ると同時に、千影は宙に対して違和感を覚える。別に宙を庇《かば》うつもりはさらさらないが、彼は望に対してどちらかというと存在を無視する傾向だった。久しぶりに再会したとしても、無視をして立ち去る方が自然ではないか。

ともあれ、宙の行動原理を考えてみても意味はない。

今は腕の中の子どもを、ケアすることが先決だ。

「桜川家からは籍を抜いてしまったし、家族に戻るのは難しい。けれど望の幸せを否定することは誰にも許されないことだ。大切な家族も、きっとできる」

「そうだといいな……でも……ずっと一人だと思う。そんな気がする」

「どうしてそう思う?」

「だって……友達も少なくて、恋人だってできたことないし。今でも知らない人が大勢いる場所は苦手で、宙みたいに社交的になれない」

自分を卑下する言葉ばかりを口にする望の唇に、千影は人差し指を当てる。

「そう過剰に自分を攻撃する言葉は、使ったら駄目だ。友人が大勢いれば、立派な人間な訳じゃない。恋人だって……作ればいいってもんじゃない。遊んでばかりじゃ、俺みたいにろくでもない大人になるぞ」

「千影さんは立派で、格好いい大人ですよ」

「そう言ってくれるのは、望だけだ」

大真面目に否定してくれる望の純粋さに、心が痛む。

千影はふ、と息を吐いて望の瞳を覗き込む。

「俺は望が、世界で一番大切だよ」

あくまで、望の自尊心を支える一助になればとの思いで伝えたつもりだった。けれど口にしてから、かなり本気で言ってしまった自分に動揺する。

「本当？」

見上げてくる望に、千影はゆっくりと頷いてみせた。この大きな黒い瞳に見つめられる度に、何度薄暗い欲望を抱いたか分からない。

最初に望へ向けていた感情は庇護欲と、哀れみだ。

しかし素直な子どもは、最初から千影を全く警戒しなかった。

大人しくて素直で、自分を無条件で信頼して慕う望を純粋に守りたいと思うようになるまで時間はかからなかった。

その感情に、抱いてはならない想いが混ざり始めたのはいつからだったろう。

保護者という意識がありつつ、望に対して雄の欲望を持っていると自覚はしている。虐げられた望を守りたいというだけでなく、男としての欲が確実に膨らんでいた。

「千影さん？」

――駄目だ。俺は望の保護者だ。

心とは裏腹に、肩を抱く手に力が籠もる。

「世界で一番、大切なんですか？」

「ああ、そうだ」

「嬉しい。僕もです」

純粋すぎる答えに、罪悪感が胸に広がる。望はあくまでも、千影を保護者として慕っているのに、自分は暗い欲を抱えている現実。

自己嫌悪に陥る千影を余所《よそ》に、望が唐突に話題を変えた。

「今日、友達と格好いい芸能人の話になったんです」

「うん？」

これまでの流れと全く関係のない内容に、千影も首を傾《かし》げる。

「遊里とかは、恋人にするなら……とか、そういう基準でアイドルとかの名前を答えてて。でも僕、千影さんって答えちゃって。みんなから誰だよって突っ込まれて。でもどの俳優さんやアイドルより、千影さんが格好いいからって正直に話したんです。やっぱり芸能人じゃないだろって笑われちゃったんですけど……」

話の着地点がどこなのかさっぱり見当が付かず、望が話し終えるのを待つ。

「えっとその。つまりですね……千影さんは、すごく格好いいから……大切だとか言われると、なんだか胸がぎゅってなります」

――これは、俺が口説かれてるのか？

見れば望は、耳まで真っ赤になっていた。

――いや、違う。俺が無意識に口説いてたから、望はそれに応えてくれただけだ。

己の言動を思い出し、千影は焦った。そういう意味じゃないと、弁明するのも何か違う気がするし、かといってこのままでは……。

「僕も千影さんが……誰よりも大切です」

微笑む望に、一瞬、理性が掻き消えた。

「っ……？」

「すまん」

何をしているんだと自分を叱責しつつ、押し倒してしまった望から離れられない。これはもう確実に引かれると覚悟したが、望からのリアクションは返ってこない。

――怯《おび》えさせたか？

信頼している大人から突然押し倒されたら、恐怖で体が竦《すく》んで当然だ。映画やドラマでは俳優が悲鳴を上げて抵抗するシーンがあるけれど、それは視聴者に『嫌がっている』と視覚的に理解させるための演技なだけだ。

逃げる訓練をしているとかでなければ、まず思考が停止して動けなくなる。

「すまない、望」

「どうして？」

離れようとすると、望の手が千影のシャツを摑む。見上げてくる瞳は真《ま》っ直《す》ぐに千影を見つめて、僅かも逸《そ》らされない。

高揚した頬と、薄く開かれた唇。

——何を考えてるんだ俺は……。

これまで抱いたどんな女性よりも、望は魅力的だ。仕事柄、パーティーなどで所謂《いわゆる》『美形』と称される同性は何人も見てきたけれど、性的衝動を覚えたことはない。

それなのに望にだけは、雄の劣情を感じてしまう。

「千影さんて、やっぱり格好いいなあ」

ふにゃりと笑う望の頬に掌《てのひら》を寄せると、温《ぬく》もりが嬉しいのかすり寄ってくる。子猫のような仕草に、頬を綻《ほころ》ばせる余裕がない。

望が精神的に弱っている時は、こうしてよく肌《はだ》を触れ合わせていた。

少し前まではあくまで保護者と子どもという立ち位置で、このスキンシップだって望の心を安定させる為の行為だと理解していた。

だが今は、千影の雄としての部分が反応している。

「もっと、撫でて」

望は甘えているだけだ。いつものように優しく甘やかして寝かしつければ、朝には元通りになっているはず。

どうしたことか、今夜は、奇妙な熱が下半身に溜まって行くのを感じる。

求められるまま、千影は額や頬にキスを落とした。あくまで純粋な愛情表現としての行為でありやましい気持ちはない。

しかし顔を寄せてきた望の唇に、うっかり触れてしまう。僅かに望は目を見開くが、嫌がる素振りは見せない。

「……ふ、ぁ……」

温かい吐息がかかる。

モデルや俳優、少し名の知れた芸能人と夜を共にした経験がある千影にとって、この程度は誘いのうちにも入らない。

その物思いを裏切るように、下半身は、どうしようもなく猛《たけ》り始めていた。

「ん……ぁ」

「望」

「ちかげ、さん？」

舌足らずに呼ばれて、勃起する。下半身も密着しているから、隠しようもない。

今なら笑って誤魔化して、トイレに駆け込めばそれで終わる。

しかし千影は冷静な思考とは反対に、サイドボードに置いてあるリモコンを操作して部屋の灯《あか》りを全て消していた。

流石に望が何かを察して、びくりと体を竦ませる。

窓から差し込む月明かりの中、不安げに見上げる望と視線が合わさった。

——しまった。恋人相手にしてたときの癖が出た。

これまで家に連れ込んだ相手は割り切った関係ばかりだったので、セックスに至る過程もその場の雰囲気だけで進められた。

しかし性的なことに疎い望からすれば、これから何が起こるのかぼんやりとした想像しかできず、不安なだけだろう。

ここで望が拒む素振りを見せてくれれば、自分も離れることができる。そう身勝手にも思うのに、望は千影に組み敷かれたまま動かない。

カーテンの隙間から差し込む月明かりだけが、望の顔を照らす。ほんのりと赤く染まった頬と潤んだ瞳。

混乱しながらも、望は自分を信じてくれている。

引き返すなら今しかない。

己の欲を押し殺そうとしたその時、望の手が千影の自身に触れた。スラックス越しにも、勃起していると分かったはずだ。

怯えるか引くかどちらに転んでも、同居解消は免れない。最悪の事態を覚悟した千影だが、どうしてか望が微笑む。

「僕も……同じ、です」

甘やかな声には、幼いながらも艶《つや》があった。

勢いのまま、望を抱きしめて貪りたい衝動を必死に堪える。

「……お願い、千影さん……千影さんのしたいこと、して？」

「お前、そんな軽々しく言うもんじゃない」

「でも千影さんになら、かまわないです」

これまで必死に抑え込んでいた理性が、音を立てて崩れ去った。

「腰、少し上げられるか？」

「ん……」

素直に頷いて、言われたとおりにする望のパジャマのズボンと下着を脱がせて、中心に触れる。

千影は左腕を望の首の下に入れて支え、仰向《あおむ》けになっている顔を覗き込む。

「あ、あの。僕」

やはり拒絶されるのかと思い謝ろうとするが、望が目眩《めまい》のするような誘惑の言葉を必死に訴えてきた。

「その、よく分からなくて。だから千影さんが、教えてください」

「自分でシたこと、ないのか？」

こくりと頷かれて、雄が反応する。

「家にいた頃は、遅くまで家のことや弟の課題をやらなくちゃいけなくて。布団《ふとん》に入ると、すぐに眠ってたから。それにテレビでもアイドルとかの女の子が出ると、継母《かあ》さん怒って消しちゃって……そういう対象になるのかどうかもわからないんですけど」

つまりはそういうことを考える余裕すらなかったのだと、千影は理解する。

「保健体育の授業で知ってはいるけど、自分で触ったことがないんです」

ようは自慰に関しても、夢精程度しか経験がないと告白されて千影は息をのむ。

「俺が触っても、大丈夫なのか」

想像していた以上に望が無垢だと知り、罪悪感と征服欲が体の中でせめぎ合う。

「千影さんには、触ってほしいです」

控えめに目蓋《まぶた》を伏せて告げる望に、そっと顔を寄せて口づける。触れるだけの軽いキスにも、望が体を強張らせていると分かった。

それでも自分を止められず、千影は望の性器に触れる。

「ぁ……」

甘い吐息に、頭の中がくらくらと揺れる。無自覚の誘惑に耐えながら、まだ幼さの残る綺麗な性器を優しく扱《しご》いた。

「あんっ……くすぐったいのに、気持ちいい……。僕、へんなのかな」

「おかしくなんかない。自然な反応だ」

このまま抱いてしまいたい欲をなけなしの理性で抑え、自分もスラックスを寛《くつろ》げて性器を出す。

「俺も、いいか?」

「千影さんも、気持ちよくなって」

あまりに無防備すぎる、と自分のしていることを棚に上げて千影は複雑な思いに駆られた。

自分が望と同い年の頃には既に童貞は卒業済みで、関係を持った彼女もいた。避妊だって気を付けていたから、トラブルになったことはない。

——あの頃は年頃だから歯止めが利かなかったが、もういい年した大人だぞ。それに仮にも保護者だ。なのに、俺は……。

「っ?」

「大きい、ですね」

薄暗がりの中、望が千影の雄に触れた。気恥ずかしいのか顔を背けているから、どんな表情をしているのか、よく見えない。

しかしこの無邪気な誘いに、なんとか繋ぎ留めていた理性が掻き消える。

そのまま望の手を取り、互いの性器を重ねればびくりと体を震わせた。けれど、己の欲を止めることはできなかった。

「あっあ」

敏感な先端を指の腹で擦ってやると、望の先端から先走りが溢《あふ》れ出す。自慰の刺激を知らない性器は、少しの愛撫《あいぶ》にも過敏なほどに反応を返した。

「ん、あ……や、だぁ……」

「気持ちいいなら、『嫌』じゃなくて、気持ちいいって言った方が楽になるぞ」

「あ、う。っん……きもち、い……きもち、いいよ。千影さん」

素直に快楽を口にする望に、自身が熱量を増す。硬く張り詰めていく千影の性器に、望が腰をすり寄せた。

初めての快感に戸惑いながらも求めて来る望が愛《いと》しくて、互いのそれを重ねたまま扱き上げた。

「あ、あ。だめ、出ちゃう……ッ」

性器から手を離し、望が胸元に縋《すが》り付いてくる。浅い呼吸を繰り返し、それでも千影から

離れようとしないその姿は雄の欲を煽《あお》るのに十分すぎた。

もっと強い快楽を教え込んで、乱れる望を追い詰めてみたい。そんな暗い欲望が、脳裏を過《よぎ》る。

腰を抱いていた方の手を望の秘めた場所に移動させようとした時、華奢な体が大きく跳ねた。

「あんっ」

温かい蜜が、性器と下腹にかかる。その熱を感じて、千影も勢いよく射精した。

――……っ……俺は何をしようとしていた？

大切な場所に触れようとしていた手を、慌てて引き戻す。

勢いで自慰にもつれ込んでしまっただけでも最悪なことなのに、自分はそれ以上の所にまで踏み入ろうとしたのだ。どう考えても、不安定な望の心につけ込んだ、最低の行為でしかない。

「ちかげ、さん」

舌足らずに名前を呼ぶ望に、千影は平静を装って答える。

「すまなかった。その……」

「僕のこと、どう思いますか？　気持ち悪くない？」

「気持ち悪いだなんて、思うわけないだろ。俺は望が好きだし、笑顔だって可愛いって断言する」

頬を染め安堵した様子で頷く望が愛しい。

「拭《ふ》いてやるから、望は寝てろ」

「……はい」

名残惜《なごりお》しいが、このまま体を重ねていたらまた熱がぶり返しそうで、無理矢理ベッドから起き上がる。

千影がタオルを持って戻ってくると、望は既に健やかな寝息を立てていた。

□□□

翌朝、千影のベッドで目覚めた望は、少しだけ混乱した。

——あれは夢?

千影と暮らすようになった当初は、よく悪夢に魘された。その度に千影は望に寄り添い、時には一緒のベッドで眠ってくれた。

最近は望の方が遠慮して一緒に眠る回数は減ったけれど、それでも月に数回は彼のベッドに潜り込む。

だからこうして隣で眠っていることと自体はおかしなことではないのだけれど、問題は昨夜の記憶だ。

「おはよう、望」

「おはようございます……」

「体、辛いか?」

問われてやっと、あの記憶が夢ではなく現実だと自覚した。そして次の瞬間、わたわたと起き上がると望はベッドに正座して千影に頭を下げる。

「あんなことさせちゃって、ごめんなさい」

恥ずかしい、というよりも大好きな人にあんな行為をさせてしまったことへの後悔で、胸が痛む。

——話を聞いてもらうだけで、十分だったのに。あんなこと。

きっと千影は不安定な望を慰めるために、甘やかしてくれたのだ。そうでなければ、恋人でもない自分の性器を触るなんて特別なことをしてくれる筈がない。

性的な行為に疎い望でも、昨夜の行為が恋人同士でするものだということくらいは知っている。

申し訳なさと罪悪感で、涙がぽろぽろと零《こぼ》れてシーツに染みを作る。

「どうしたんだ望。お前が謝ることは何もないだろ」

慌てた様子で、千影が抱き起こしてくれる。どうしてこんなにも優しくしてくれるのか、訳が分からない。

「それに謝るのは俺の方だ」

「どうして？」

「どうしてって……」

聞くと千影は眉間《みけん》に皺《しわ》を寄せて、黙り込んでしまった。

いけないことを聞いてしまったのかと、望はますます自己嫌悪に陥る。汚いところを撫でられて、更には射精までしてしまった。

きっと千影は、呆れているに違いない。どんなに罵倒されても仕方ないことをしてしまった。望が俯いて言葉を待っていると、少しの沈黙の後に千影がぼそりと呟く。

「いきなり奪ってすまない」

「なんのことですか？」

さっきから、上手《うま》く会話がかみ合わない。普段なら千影がすぐに軌道修正してくれるのだけれど、今朝は千影の方がどうにも歯切れが悪くて、曖昧な言い回しになっている。

「色々と、だ。その、触られて嫌だったか？」

互いの性器を擦り合わせた行為をさしていると分かり、望は首を横に振った。

「嫌じゃなかったです。初めてだったけど、とても気持ちよかったです……そうだ、千影さんは？」

触られてる間の記憶は朧気だが、自分だけ気持ちいいのは申し訳ないからと必死に腰を押しつけて彼の性器を擦ったのは覚えている。

「悦《よ》かったよ」

その答えに、心底ほっとする。好きでもない相手の性器に触れることになったのだから、せめて千影にも感じて欲しかったのだ。

「望はキスも、初めてだったんだろ」

「はい」

「もう少し、雰囲気とか考えるべきだったのに。いや、そうじゃない。……駄目だな俺は」

一人でブツブツと葛藤している千影を前に、流石に望も彼の態度から一つの答えを導き出す。理由はともかく、千影は照れているのだ。

自分より一回り近く年上の大人が、照れている。それも原因は、自分だ。

何だか望まで気恥ずかしくなってくるけれど、嫌な感情じゃないのは確かだった。けれどいつまでも大好きな千影を困らせるのは、心が痛む。

「気にしませんけど……改めて聞かれると、その……ちゃんとしたかった。かも、です」

えへへと笑って重くなりそうな空気を茶化すように伝えれば、千影の腕が望の腰を抱いて引き寄せる。

胡座《あぐら》をかいて座る彼の膝《ひざ》に、促されるまま横向きで座れば整った顔が傍に来て心臓が跳ねた。

寝起きの千影は、少し髭が伸びていて寝癖も酷い。でも世界一格好いいと望は思うのだ。

「キスしていいか？」

「へ？」

ぼうっと見惚れていた望は、何を言われたか分からず間の抜けた返事をしてしまう。

しかし千影は、真顔で念を押すようにゆっくりと繰り返した。

「望にキスをしたい。いいか？」

片手が頬に添えられ、そっと上向かされる。別に聞かなくてもいいのにと、望は心の中で答えるが当然千影には届かない。

——千影さんて、本当に優しい。

頷いて目蓋を閉じると、唇に温かい千影のそれが触れた。二度、三度と離れては角度を変えて軽く啄《ついば》まれる。

もどかしくて無意識に唇を少し開いてしまったけれど、千影の舌が口内を犯すことはなかった。擽《くすぐ》るように唇を舐《な》め、あやすみたいに吸い上げてからキスが終わる。

「息、苦しくないか？」

「だいじょぶ、です」

キス自体が原因ではなく、大好きな千影にされたという事実に頭の中がほわほわして倒れそうだ。

「大丈夫って顔じゃないな。初心者にやりすぎた、すまん。朝食は俺が用意するから、望はまだ横になってろ」

「……はい」

千影の温もりが残る毛布にくるまり、望はころりと横になった。

――もうすぐお別れだから、ちょっとくらい甘えても許してもらえるよね。

着替えを始めた千影を、毛布の隙間から覗き見る。この光景も、あと数カ月。自立したら、残りの人生はずっと一人で過ごすのだ。

千影は望を『大切だ』と言ってくれたけど、これ以上、彼の人生を奪い続ける訳にはいかない。昨夜与えてもらった思いがけない優しさは、大切な甘い思い出として一生忘れないだろう。

――大丈夫。僕は一人でも生きていける。

少し微睡《まどろ》むだけのつもりだったのに、次第に目蓋が重くなり望はいつしか深く眠り込んでいた。

気まずい時間は、半日ほどで終わった。

お昼に起こされるまで眠り込んでいた望に対して、千影はこれまで通りに接してくれた。距離感も変化はない。

かといって、あの出来事をなかったことにしたいという意図は感じられない。

――もしかして千影さんは、嫌じゃなかったのかな？

数日も経つと、互いに全く気にしなくなっていた。しかしそうなると逆に、望は色々と考え込むようになってしまう。

終わった直後に聞いておけば良かったと、望は後悔する。改めて尋ねるのは気恥ずかしいし、自分があの行為を欲していると気付かれたくはない。

どうして？　と聞かれても、望には答えられない。快感が欲しければ自分ですればいいのだし『千影さんとしたい』と答えたらそれこそ彼に向ける感情に気付かれてしまう。

けれど考えれば考えるほど、分からなくなってくる。

――千影さんが僕と同じ気持ち……は、あり得ない。ああいうことをしてくれたのは、僕を慰める為であって、他の意図はないはず。千影さんは優しいし、なんとなくえっちな雰囲気になったせいだろうな。

性的に疎いとはいっても、望だって健全な男子だから気持ちは分かる。雰囲気に流されてしまった千影を、責めるつもりなんてない。

問題はそこから先だ。

恥ずかしい部分を擦り合わせ上り詰めてからも、千影のそれはまだ硬さを保っていた気がする。もし欲望が発散しきれてなかったのなら、更にその先を求められてもかまわなかった。なのに千影は、あっさり望から体を離し、最後までしなかった。理由は分からない。

――やっぱり、女の人がいいのかな？

昂《たかぶ》りを擦りながら、腰を抱いていた千影の手は望の奥まった場所に触れようとしていた。だが途中で手は止まり、その先の行為に至ることはなかった。

単純に考えれば、望が千影が抱くに値するほど魅力がないということだろう。

あの夜、自分ばかり気持ちよくなって、千影になにもしてあげられなかった自分が情けない。

「千影さん、よかったって言ってくれたけど……」

思い出すと、下腹部が熱くなる。自分のそれとは形が全く違う、逞《たくま》しい性器だった。恥ずかしくて見ることができなかったけど、指にはその熱と感触がまざまざと残っている。

――やっぱり僕、そういう意味でも千影さんが好きなんだ。

これまで自分の気持ちが、尊敬を履き違えた感情なんじゃないかと疑ったりもした。でもこれで、彼に対する感情が恋心だと決着がついて何処かほっとしたのは事実だ。

良いことか悪いことかは別として、しっかりと自覚できたことに安堵する。

恋心を抱いていると気付き始めてからも、望は千影を想って自慰をしたことがない。あの夜の出来事が、望にとって何もかも初めてと言ってもよかった。

——うん。やっぱり、千影さんにきちんと告白して振ってもらおう。

あの出来事の後、望は何度か自分に都合の良い妄想をした。本当は千影も自分が好きだという、現実にはあり得ない妄想。

けどその度に、彼は優しい人だから手を差し伸べてくれたのだと自分に言い聞かせた。他人と上手く喋ることができず、ほぼ一年も引きこもっていた望に根気よく寄り添ってくれた千影。赤の他人も同然の子どもを住まわせ、学費まで出してくれた。

そんな優しい人に恋人としての愛情まで求めるなんて申し訳ないし、自分にそんな資格などない。

宙に言われなくても、自分の立場は弁えている。

——でもあと少しだけ、夢の中にいさせてください。

幸せな日々を最後まで壊さないためには、自分が努力する必要がある。

そして今日も、望は何ごともなかったかのように千影と接するのだ。

日々は、冬に向かって過ぎていく。

秋も大分深まったその日、久しぶりに龍平から食事の誘いを受けた。政界から退いたとはいえ、派閥のドンとして強い発言権を持つ龍平は何かと忙しい。

けれど時間を作っては、こうして望を気にかけてくれる。

マンションまで迎えに来た黒塗りの外国車に、千影と一緒に乗り込む。

あくまで家族としての食事会なので、格式張った格好はせず二人とも普段使いのジャケット、ノーネクタイのシャツにスラックスという出で立《いた》ちだ。

暫く走ると、車は住宅街の一角にある立派な邸宅へと入った。食事会の場所はいつも龍平が決めるので、何を食べるのかは着いてからでないと分からない。

「またマナーが分からなかったら、どうしよう」

「大丈夫だ。ここはビストロ——カジュアルフレンチのお店だから、気負わなくていい」

前回連れて行かれたのは、格式高そうなフランス料理店で、フルコースに望は四苦八苦しながら食事をしたのだ。幸いだったのは、一回に一組だけを迎える店だったことだ。マナーのおぼつかない望と同席している龍平を他の客に見られるのは、流石に申し訳ない。

でもきっと、龍平も千影も『気にするな』と本心から言ってくれるだろう。それが分かるから、ますます望は二人に対していつか恩返しをしなければと思う。

だが現実的に、それは無理だ。

「元気にしてたかい？　望君」

「はい。龍平おじいちゃんも元気そうでよかった」

「血圧が上がるような不摂生は、してないですよね。姉さんが気にかけてましたよ」

店内はまたも自分達だけの貸し切りで、他人の目を気にする必要がない。普段から記者や取り巻きに囲まれている龍平も、この場ではただの『龍平おじいちゃん』として振る舞えるので生き生きとしている。

和《なご》やかに食事をしながら、三人の他愛ない会話は続けられた。

「……望君は、将来やりたいことはあるのかな？」

「就職したいんですけど、千影さんに反対されていて」

「就職か……希望はあるのかい？」

「いえ、恥ずかしいんですが、とにかく働くことができれば何処でも構わないんです」

そう答えると、にこやかだった龍平も眉間に皺を寄せる。

何かどうしてもという希望や志があればともかく、この答えでは納得してもらえないのも無理はない。

「今からでも受験をしろと言っているんだが、聞かないんだ。成績は問題ないと、担任も言っていたぞ。今行ける範囲より上の大学を狙うなら、一年予備校に行っても構わないし遠慮はするな」

当然だが、保護者は千影になっているので担任から連絡が行っている。進学クラスを差し置いて普通科の望が学年トップをキープしているのだから、尚更だった。

学校側としては、是非大学進学をと勧めてくるが望はあくまで就職に拘《こだわ》っていた。

理由は勿論、学費と継母に渡したお金を、千影に返済する為だ。

本当のことを言えば、二人が反対するのは目に見えている。それこそ就職しても、強引に退職させかねない。

だからあえて望は遠くに就職しようと考えている。けれど、当然千影に隠れて事を進めなくてはならないから、なかなか就職活動が捗《はかど》らないのだ。

「大学に行くより、早く自立したいんです」

「焦って就職した所がブラックだったら、どうするんだ」

「大丈夫です。僕はそう簡単に辞めたりしません」

「余計悪い」

頭を抱える千影の隣で、龍平が良いことを思いついたとばかりにぽんと手を打つ。

「政界に入るなら、応援するぞ。被選挙権を得る頃までにいろいろ教え込んでやろう。いきなり国政が怖いなら、地方から始めてみるか？」

「——親父。冗談でも、止めてくれ。望をそっちの世界に渡すつもりはないからな」

「すっかり保護者の顔が板に付いたな」

「何か問題でも？」

「いいや。お前は昔から、自分にも他人にも疎かな部分があったが、望君が来てからはすこぶるよくなった。望君、これからも千影を頼むよ」

がはは、と豪快に笑う龍平の顔は、笑っているのに鬼瓦そっくりだ。最初の頃は怖くて身が竦んでしまったけれど、今ではすっかり気の良いお爺ちゃんにしか思えない。

「政治家ってなんとなく怖いイメージがあったけど、龍平おじいちゃんて、全然政治家に見えないですよね。お姉さんと千影さんも凄く優しいし」

「そう言ってくれるのは……望君だけじゃよ……」

突然龍平が声を詰まらせ、目頭を押さえた。

「……僕、また変なこと言いましたか？」

「こんな純粋な子を、本当に政界へ放り込みたいのか？　姉さんも反対するぞ」

「いや、前言撤回しよう」

なにやら望の知らぬところで、協定が結ばれたようだ。

和気藹々《わきあいあい》とした会食も終わり、また会うことを約束して望と千影は龍平と別れた。

――やりたいこと……。

もし過去のことがなければ、このまま千影の仕事を手伝って一緒に暮らしたい。

でもそこまで頼み込むのは過ぎた我が儘だと、自覚している。何より千影だって、望を疋社員として雇えると思っているかは分からない。バイトとしてある程度の手伝いは任されてはいるが、本格的にプログラミングの勉強をしたことがない望には、正社員への登用となればハードルは高い。

——千影さんの会社はかなりハードだし、僕を雇うよりもっとすごい人材は沢山いる。希望すれば、千影は望でもできる仕事を割り振ってくれるだろう。けどこれ以上、迷惑をかけられないし、会社の『お荷物』にもなりたくない。

何度考えても、結論は千影の元を離れて就職という結論に辿《たど》り着く。

——難しいけど、頑張らなくちゃ。

「どうした望。親父の戯《ざ》れ言《ごと》は真に受けなくていいんだからな」

「僕は政治家には向いてないから、大丈夫です。それより、千影さんは選挙には出ないの？」

「俺は今の気楽な生活が向いてるんだよ。それに政治家なんかになったら、望と気軽に出かけられなくなるだろ」

微笑む千影に、望は胸の奥がほわりと温かくなる。

千影にしてみれば特別な意味のない言葉でも、望は嬉しいのだ。

「――終わった……」

書き上げたソースコードを千影のサーバにアップロードしてから、望は思い切り伸びをした。ここ数日かかりきりだったコーディングが、やっと終わったのだ。

最初は渡されたプログラムに不具合がないか、基本的なバグチェック――デバッグを任されていた。手伝ううちに、望が独学ながらプログラミングを理解していると分かると、千影はあれこれと複雑な仕事を頼むようになったのである。

以前は宙の動画の配信を任されていたので、映像処理や簡単なプログラムを組んだ経験が役に立った。

今では幾つかのプログラミング言語も千影に教わりながら習得し、基本的な構築から関わらせてもらえるようになっている。

――仕事になると、千影さん容赦ないよな。

『信頼してる』の一言で、毎回仕事の難易度が上がっているのは気のせいではないはずだ。難しい仕事ほどお給料はよくなるので、望は通信講座で勉強して資格も取った。

生活費とは別に、バイト代として十分すぎるお給料をもらっているけれど、自立の費用と返済に充てられるよう全額貯めている。

しかし万が一大きなミスをしたときのことを考えると、あまり難しいものは丸投げしないで欲しいのが本音だ。

——信頼してくれるのは嬉しいけど、僕なんかに任せて大丈夫なのかな。

勿論、他の社員と千影のチェックが入るから、会社として致命的な事態にはなり得ない。やれると判断したから任せているのだと千影自身からも言われているが、やはり不安はある。

「そろそろお茶でも淹れて、休憩してもらわないと」

時計を確認して、望はキッチンに向かう。千影は仕事が立て込んでいて、昨晩から部屋に缶詰状態なのだ。

カフェイン抜きのお茶を淹れ、先日島津が持ってきてくれた有名店のおまんじゅうを添える。

「コーヒーがいいって言いそうだけど、我慢してもらおう」

徹夜をした翌日は、なるべくカフェインを取らないように調整するのも望の仕事だ。放っておくと千影は無意識に飲み過ぎてしまうので、これだけは譲れない。

お盆を持って千影の部屋の前まで行くと、少し開いた扉から話し声が聞こえてくる。

丁度ウェブ会議の最中らしく、望はそっと中を覗く。

——お仕事のことは聞かないし、喋ったりしないから。千影さんの横顔を見ることだけ許してください！

そう心の中で謝って、望は斜め後ろから千影を盗み見る。

扉の位置であればウェブカメラに映り込まないのは確認済みなのだ。

「……私からの提案は、以上です。他に何か、ご質問は？」

守秘義務とかに関わるのだろうし、お行儀が悪いとも思うが、仕事内容に一切興味はないからどうか許してほしい。普段は見ることのできない、千影が見たいだけなのだ。

——お仕事モードの千影さんも、格好いい！

普段は使わない『私』という一人称や、落ち着いた声音に聞き惚れてしまう。自分の前でリラックスしてくれる千影は勿論好きだけど、こうして社長然として対応する姿も大好きなのだ。

会議はほぼ終わっていたようで、千影の発言に対して特に質問はなく挨拶とミーティングアプリをシャットダウンする音が聞こえてくる。

「あの……」

頃合いを見計らって扉をノックしようとしたが、望は寸前で手を止めた。今度はプライベート用のスマホに、着信があったようだ。

『先輩、今宜しいですか？』

「ああ。丁度会議が終わったところだ。どうした？」

『先週頼んだ、新しいアプリの件なんですけど——』

聞き覚えのある声は、確か千影の大学時代の後輩で佐神《さがみ》という名の青年だ。偶に家に遊びに来るので、望とも顔見知りだ。

本人曰《いわ》く『売れない俳優』とのことだが、テレビCMや単発のドラマに定期的に出演しており、根強い人気のある人物だと千影が言っていた。

軽いノリの役を依頼されることが多いらしく、見た目は茶髪で服装も派手だけれど本人は真面目な性格をしている。精悍《せいかん》な千影とは正反対の華やかな青年だ。

望の境遇を知ると、親身になって話を聞いてくれたいい人だ。

人脈が豊富で、彼の紹介で請け負った仕事も多く、卒業後もこうして公私ともに千影とは仲がよい。

——お仕事の話だから、終わるまで待ってよう。

佐神からの連絡は簡単な確認だけだったようで、会話はすぐに雑談に変わる。とはいえ割り込んでしまうのは申し訳ないのでタイミングを計っていた望の耳に、思いもよらない言葉が飛び込んでくる。

『望君の進路ですか？　就職したいって希望してるなら、先輩が雇えばいいじゃないですか。無理に大学へ進学させるより、適性のある仕事をさせた方が良いと思いますよ』

込み入った相談をしているとは思ってもみなかったので、望は息を潜めて聞き耳を立てた。

できることなら、このまま千影の会社で働けたら良いなと思う。でも傍にいる限り、千影に迷惑をかけ続けることになる。

『仕事の飲み込みも早いし、即戦力になるって言ってたじゃないですか』

そんな風に評価してくれていたのかと、望は嬉しくなる。少なくとも足を引っ張るようなことにはならないかもしれない。

と心が浮き立ったとき、千影が冷静に言い放つ。

「大学でもっと専門的に勉強すれば、もっと広い世界で通用するプログラマーになる。うちで雇うのは勿体《もったい》ない」

『そんな進学に拘らなくても……』

「俺は望の可能性を奪いたくないだけだ。外の世界を知って羽ばたいて行ってくれるのが、望のためにもなる」

そこから先は、とても聞いていられなかった。

いや、頭が話を理解することを拒否した。

——僕は馬鹿だ。ずっと自立しようって考えてたのに、一瞬、佐神さんの言葉に甘えそうになって……きっと千影さんは、僕が甘えてるのを見抜いてるんだ。

自立する本来の目的は、継母から引き離す際に支払われたお金を千影に返済するためだ。これまで何度もお小遣いから支払おうとしたけど、千影は全く受け取ってくれなかった。

——そもそも大学を出てないと、千影さんの会社には入れない。

能力主義と聞いてはいるが、業務内容からして一定の学力を求められるのだろう。

これ以上負担をかけたくない望からすれば、一時的にでも学費を千影から借りるなどあり得ないし、奨学金を得て進学することもできれば避けたい。

——やっぱり僕は、傍にいたら駄目だ。

この優しい日々に浸りきってしまったら、いつまでも甘えてしまうだろう。

——言わないだけで……千影さんは僕に出て行って欲しいのかもしれない。

思い返せば、冗談でも千影から社員登用を誘われたことがなかった。今でこそ高校でできた友人と話はできるけど、初対面の相手を前にすると黙り込んでしまう。

調子が悪い日は、人混みで動けなくなることもあるのだ。

先月から望は千影に内緒で企業の面接を何社か受けていたのだが、全て不採用に終わっている。書類選考とテストは通過しても、面接で必ず落とされるのだ。

プロの現場で少しでも役に立っていると思い上がっていた自分が情けない。アルバイトの立場だからコミュニケーションの必要な仕事はしていないが、正社員になれば会議だってある。

毎回、社長である千影にサポートしてもらったり、コミュニケーションのフォローを頼むなんてまず無理だ。大体、そんな新入社員などあり得ない。

「じゃあまた。動作確認が終わったら連絡する」

通話を終え、千影が椅子から立ち上がる音がする。我に返った望がどうしようか迷っているうちに、千影が部屋から出てきた。

「望、いたのか」

「はい……」

「丁度良かった。お茶にしよう」

立ち聞きに気付いていないのか、千影が笑顔でお盆を受け取り望に微笑みかけてくれる。

動揺を悟られないように望も笑顔で頷いたけど、ちゃんと笑えていたか自信がない。

「この所、無理させて悪かったな。今夜はピザでも取ろう」

「ありがとう、ございます」

ぎこちない返答に千影が何か言いかけたが、結局何も聞かれることはなかった。

■■■

待ち合わせの店に入ると、千影はカウンター席に視線を送る。

「先輩、こっちです。先日はありがとうございました」

「ああ」

片手を上げて応え、先に飲み始めていた佐神の隣に腰を下ろした。

佐神英人《ひでと》とは、大学時代からの友人で二歳年下の後輩に当たる。学部違いで大学での接点は全くなかったのだが、学外サークルとの合同飲み会で偶然出会ったのが切っ掛けだ。同じ銘柄の酒が好きだという話で盛りあがり、卒業後もこうして付き合いが続いている。

「スケジュール管理のアプリ、助かりましたよ。既存のだと、どうも合わなくて」

「お前の希望通りに作った方が、ややこしいと思うけどな」

依頼通りに作りはしたが、佐神の要望を全て入れるとかなり汎用性が低くなってしまう。それでも構わないと言われ、ほぼ彼専用のアプリとして制作したのだ。

当然費用はそれなりの金額を請求したが、佐神は文句一つ言わず支払った。

「いやいや、本当に助かってるんですよ。事務所のシステムとか、先輩の会社に頼んで良かったってみんな言ってます」

「それならいいんだが」

学生時代から俳優として仕事をしている佐神だが、実家は有名企業の一族である。本人曰く『四男なので、好きにさせてもらってる』とのことで、昔から興味のあった芸能界入りをして、今では自身で立ち上げた事務所も軌道に乗せた。

数年前からは自らスカウトをして新人デビューに携わるなど、経営者としての手腕を振っているが、謙遜なのか志が高いのか、事務所には名前を貸しているだけと語っていた。そんな彼の事務所をＩＴ面で支えているのが千影の会社だ。

「ところであのアプリ、先輩が作ったんですか？」

「いや、望に全部任せた」

「やっぱり！　今までで一番使いやすかったんですよ！　それに先輩の癖が全然なかったから、どうしたのかと……すみません」

慌てて謝る佐神に、千影は苦笑で返す。

「いいって。お前がそこまで言うなら、望に任せて正解だったな。ちなみにアップデートした経理ソフトも、望に手伝ってもらった」

「凄いですね、望君は」

「随分と助けられてるよ。プログラミングのチームから、正式に配属させて欲しいって要望も出てる」

「良かったじゃないですか。望君も先輩のところに入社できるなら、安心しますよ」

望を引き取った経緯は以前に伝えてある。互いの家を行き来する仲でもあるから、紹介しておく必要があったのだ。

人によっては非難されたり距離を置かれたりしてもおかしくない内容だけれど、佐神の実家も色々とややこしいようなので、あれこれ詮索せず受け入れてくれたのは有り難《がた》かった。

「……ならいいんだが」

「望君、就職希望なんですよね？」

「そうは言っているけど、本心じゃない。俺……というか、荒鬼家に気を遣ってるだけだ」

佐神の言うとおり、社員にしてしまうのが一番だ。しかしそれでは、望の可能性を奪ってしまうことになりはしないかという懸念があった。

何より怖いのは、傍に縛り付けておいて、早晩、自分の中に生じたあの感情が隠し通せないほどに膨れ上がること。

——今のところは我慢できてるが……。

次に何かの間違いで望を押し倒してしまったら、自分を制御できる自信は全くない。

本音を言えば、千影は望を自分の元に縛り付けておきたいのだ。しかしそれでは、遠くない未来に、望を傷つけてしまうだろう。

——俺は望の保護者だ。それなのに欲情するなんて……。あの子のことは大切だけれど、そういった対象にするのは間違っている。

矛盾した感情が、千影を苛《さいな》んでいた。

望に対して、保護者的な感情しか抱いていない筈だった。だが今や過剰な想いは溢れ変化し、恋愛という形を取ろうとしている。

自慰を手伝う形で触れてからも、望は警戒することなく今まで通りに接してくる。きっと思うところはあるはずだが、冷静に対応してくれているのだろう。

なのに自分ときたら、ギリギリで自制をしている。

――一回りも下の子に、気を遣わせるなんて……滑稽で情けない。

「いい意味で、変わりましたね」

「……変わった？　俺が？」

驚く千影に、佐神はウイスキーを一口飲んであははと笑った。

「変わりましたよ。先輩、ビジネスに関してはマメですけど、友人や恋人関係はかなり駄目じゃないですか。望君と同居するって聞いたとき、正直あの子大丈夫かなって心配してたんですよ。先輩絶対、気配りできないと思ってたので」

酷い言われようだが、佐神の指摘には心当たりがあるので反論できない。

確かに歴代の彼女からも、『全然構ってくれない』と呆れられて振られている。

「なんていうか、人間として他人に興味が薄いじゃないですか。俺も大概な性格してるんで気にならないですけど、先輩自覚ないですよね。仕事は優秀だけど、恋愛は駄目。モテても振られるタイプ……」

「認めるから、それ以上は言わないでくれ」

昔から千影は、人間関係に無頓着だった。必死に隠しても『荒鬼議員の隠し子』という噂はどこからか広まり、コネ目当てに様々な人間が寄ってくる。

どれだけ警戒したところで、そういった連中を完全には排除できない。そうと分かってからは、こちらも使ってやろうと考えるようになっていた。

なので心を許せる『友人』と呼べる相手は、佐神のように自分に似た境遇の相手に限られてくる。その中でも佐神は物怖《ものお》じせず意見を言ってくれる貴重な相手だが、いかんせん口が悪いのが難点だ。

「望君と暮らし始めてから、あの子を表面的にだけじゃなくて、ちゃんと気にかけててほっとしましたよ。寝床と食事さえ与えてれば大丈夫……とか言い出したら、最悪こっちで引き受けるって、荒鬼先生に掛け合うつもりでいたんですから」

「俺は鬼じゃないぞ」

「いやあ、でも変わったのって望君のお陰ですよね。俺もあの子と話してると、癒されますから。家に帰るとあの笑顔でお出迎えしてくれるんですよね。いいなあ」

「望は渡さないぞ」

「どうしたんですか。先輩、顔が怖いですよ」

佐神の言うとおり望の存在は癒しであり、よい意味で千影の枷《かせ》にもなっていた。以前のように無理をしそうになると、望が体調を案じてくれるし食事も偏らないよう工夫をしてくれている。

何より望の向けてくれる信頼の眼差しが、自分を変えてくれたのだと改めて気付かされる。

――救ったつもりで、自分が救われてたのかもな。

幼い頃から、自身の家庭環境が普通ではないと理解していた。

金銭面で不自由はなかったし、母親もできる限りの愛情を注いでくれた。今時、一人親なんて珍しくもない。

ただ『荒鬼龍平』という政界の重鎮が父で、毎日幾つもの案件を取り扱う敏腕弁護士が母という家庭はあまりないと思う。

その上、自分は婚外子だ。父も母も納得したこととはいえ、口さがない大人達があれこれ噂をしていることに幼くても気付いてしまう。

当然というべきか、あっという間に千影はひねくれた。けれど、両親に対して馬鹿げた反発をして人生を棒に振るのはもっと馬鹿だと分かっていたから、少年にありがちな反抗期だけ済ませてその後はごく普通に生きてきた。

「どうしたんですか、黙り込んで」

「いや、望には助けられたなと思ってな」

「そうですよね。俺としても望君が先輩のところに来てくれて、助かってますよ。先輩に紹介した取引先も、『話しやすくなった』って喜んでますし」

こんな捻《ひね》くれた大人だから、望だって最初はどう接すればいいのか戸惑ったはずだ。

勢いで連れ帰ったはいいものの、当初千影は哀れみの感情しか向けていなかった。今思えば感受性の強い望は、恐らく気付いていた筈だ。

ただでさえすり切れそうだった望の自尊心は、更に酷く傷ついただろう。

なのに望は、千影を純粋に慕ってくれた。取り立てて互いの感情を揺さぶるような、大げさな出来事があったわけではない。

毎朝顔を合わせると、望は挨拶をする。一人で外出できない望は、掃除や洗濯などを自分から引き受けてくれただけでなく、千影が食材を買ってくれれば何も言わず料理を作り一緒に食事をした。

何かを手伝えば「ありがとうございます」と、望は些細《ささい》なことでもお礼を言うので、いつの間にか千影も自然と感謝の言葉を口にするようになっていた。

こんな日々は、ありきたりな言葉で表すとしたら、『平凡な家庭の日常』と言うのが近いと思う。当たり前ではない環境で育った者同士が、平凡な日々を過ごしているというのは、冷静に考えると不思議だ。

けれど千影は望との暮らしが、もうずっと前から続いていたかのように自然に感じる。

――滅茶苦茶な理由で同居を始めたのに、実の親とより家族らしい生活をしてるんだもんな。人生ってのは面白い。

幼少期、多忙だった母とは週に数回程度しか食卓を囲めなかった。

それは別に嫌ではなかったし、仕方のないことだったと千影は納得している。

これまでの生活に不自由など感じていなかった千影だが、望と暮らすようになって明らかに変わった。

それはきっと、相手が望だったから訪れた変化だと、もう随分前から気付いていた。

これまでもハウスキーパーを雇ったことはあったし、付き合った女性と同棲していた時期もある。

けれど望と一緒に暮らし始めてみると、些細な日々の積み重ねは千影の心に明らかな変化をもたらしていた。

——俺は望を……。

一つの単語が頭に浮かぶ寸前で、千影はそれを打ち消す。

自分はあくまで保護者であり、これは抱いてよい感情ではない。

しかし現実に、自分は望に対して、特別な想いを持っている。気軽に相談できる内容ではないと自覚はあるが、これ以上一人で抱え込むのも正直辛い。

「——話は変わるんだが、どうにも答えが出ない問題を抱えているんだ。そこで、お前の意見を聞きたい」

抱えている悩みが自覚しているより大きかったのと、酒の勢いもあって千影はうっかり話を向けてしまう。

「どうしたんですか、改まって」

しまったと思うが、誤魔化したところで自分の蟠《わだかま》りが燻ったままになるだけだ。それならば、この辛辣な後輩に尋ねてみるのもいいだろうと腹をくくる。

が、全てを話すには大分問題があるという自覚もあるので、少しフェイクを入れることにした。

「保護者としての気持ちだけだったのに、恋愛感情を持ってしまった。一度だけだが関係を持った……場合はどうしたらいいと思う？」

「先輩、その相手って望君のことですか。そういう惚気《のろけ》は……」

悪意のない笑みを浮かべた佐神を、千影は睨《にら》み付ける。

「勘違いするなよ、俺は知り合いから相談されたんだ。本当だ。嘘《うそ》じゃない」

「……分かりましたよ。誰からの相談なのかは、聞きません」

困惑した様子ながらも、佐神は拍子抜けするほどあっさりと頷いた。そして相変わらずの物言いで、千影の問いをバッサリと切り捨てる。

「先輩の知り合いは、保護者に徹するなら手を出した時点でアウトですね」

「あ、ああ……」

「手を出したことを後悔してるなら、まだ救いはあるかもしれませんけど。そうですね、考えを改めて、保護者の立場に戻ると決意したなら……その子に大切な相手、つまり恋人ができたら、祝福できますよね」

正直考えたこともなかったので、千影は絶句する。

「保護者の元から自立して、旅立っていく相手を笑って手放すくらいの覚悟があるかどうか。ってことですよ」

——望に恋人？　手放す？

頭の中がぐらぐらとして、考えが纏まらない。

「できますか？」

そもそも千影は、望が自分から離れていく将来を考えたことがなかった。一緒にいて当たり前だったし、あの笑顔を他の誰かに渡してしまうなど考えたくもない。

酷い独占欲だと自覚して、千影は頭を抱える。

「そんなのは無理だ。ああ、いや。無理だと言うだろうな」

「だったら、恋愛感情を自覚して責任を取るべきだと俺は思いますよ。っていうか、保護者だからとか逃げてないで、まず自分の気持ちを明確にしないと——」

持論を展開する佐神に、千影は上の空で頷くことしかできない。

他にも色々と言葉で殴られた気がするが、甚大なショックに記憶は半分以上抜け落ちていた。ただ覚えているのは、自分が相当に重大な選択をあまりにも衝動に任せて行ってしまったのだ、という現実を突きつけられたことだけだった。

深夜を回って帰宅した千影は、リビングの灯りが付いていることに気付いた。

「望、起きてたのか」

胸騒ぎを覚えつつ、大切に想っている相手の名を呼ぶと、ふにゃりと溶けたような声が返ってくる。

「……お帰りなさい……千影さん」

「こんなところで寝ると、風邪《かぜ》を引くぞ」

「でも、千影さんの顔、見たくて……」

パジャマ姿の望は、薄手の毛布を頭からすっぽりと被《かぶ》っている。恐らく千影の帰宅を待っているうちに、眠ってしまったのだろう。

「今日は遅くなるから、先に寝てろって言っただろう」

「ごめんなさい」

「怒ってる訳じゃない。少し待ってろ」

ラグに座っていた望を抱き上げ、ソファに乗せる。千影はコートとジャケットを無造作に脱いで、キッチンへ向かう。

そして慣れた手つきでココアを作り、望の傍に戻る。

「ありがとうございます」

「いいから、飲め」

今まで恋人にコーヒーを淹れてもらったことはあっても、自分が何かするという考えはなかった。だが今では、望の好むココアの作り方を、すっかり覚えてしまっている。

隣に座り、冷えた体を抱き寄せる。これまで何度もしてきたことだから、やましい感情はないはずだ。

それなのに佐神に色々と言われたせいか、心の中に罪悪感が浮かぶ。

――自分のしたことに責任は取る。

あの夜、互いの性器を擦り合わせ、自分はあまつさえ望に口づけまでした。

保護者としてなら真摯《しんし》に謝罪し、望が陥っているだろう疑似恋愛から解放するべきだ。しかし一方で、この想いを告げるという選択肢もあるのではないか。

――どっちが正しいんだ。

年齢差、同性であるということ。何より望が今後どうしたいのかが問題だ。

「どうしたの？　千影さん」

「なんでもない。ちょっと反省してるだけだ」

「変な千影さん」

マグカップを両手で包み込むように持ち、小首を傾げる望が可愛い。

恋人になれば、この微笑みを独占できるのだと思うと、暗い欲望が胸に広がる。望に触れたのは、決して軽はずみな気持ちではない。

性的な欲求はあったけれど、それ以上に縋ってくる望が愛しくて少しでも安心させてやりたい気持ちが勝っていた。

しかしそれは、望の不安につけ込んでいるだけではとも思う。

考えれば考えるほど、思考はドツボに塡《は》まっていく。

「あの……お願いがあるんですけど」

「どうした？」

思い詰めた様子の望に、千影は身構えてしまう。

距離が近いとか、触らないで欲しいなどと拒絶されるのではと考えるが、望は震える声でぽつりと告げる。

「今夜、一緒に寝てもいいですか？」

「ああ、かまわないよ」

頷くと、ココアで温まった頰に笑みが浮かぶ。

「よかった。今日は寒くて……なんだか胸がざわざわして怖かったんです」

「冷えると夢見も悪くなるからな。俺も望が一緒だと、暖かくて丁度いい」

「僕、湯たんぽ代わりですか？」

「望は子猫みたいに体温高いから、俺専用の湯たんぽだな」

くすくすと笑う望を前に、拒絶されなかったことに内心安堵する自分が情けなくなる。

「千影さんが本当の家族だったらよかったのに。僕がへんなことを言っても、笑ったりしないで聞いてくるし」

桜川家で何があったのか、望は全てを話していない。それは強引に聞き出すべきじゃないと千影は考えていたし、話してくれるときが訪れたら、話せるほどに回復できた証として落ち着いて受け止めてやろうと決めていた。

「望と俺は、家族だろ」

毛布の上から頭を撫でると、望が気恥ずかしいのか視線を逸らす。

その夜、二人は身を寄せ合って静かに眠った。

□□□

次の誕生日が近づいていた。

十七歳を迎えた一年目の誕生日は、本格的に冬を迎える頃から体調を崩し、熱に浮かされるまま過ごした。二年目は『この調子なら元気に十八歳を迎えられるかも』と喜んでいたのもつかの間、やはり十二月の半ばから過呼吸や突発的な頭痛に襲われ、結局誕生日を祝ってもらったのは年を越してから。

昨年、十九歳を迎えた冬は熱を出して寝込むこともなかったけれど、言いようのない不安に駆られる夜が長く続いた。

そんな夜は、千影《ちかげ》の部屋で一緒に眠る。引き取られてからごく自然に始まったことだから、望《のぞみ》としてもそれ以上の気持ちはなかった。

千影に対して恋心を自覚してからも、不安定な自分への労《いたわ》りを利用してそういった関係に持ち込むのは狡《ずる》いと思ってきた。だからあくまでも、ざわついて堪《たま》らない気持ちを落ち着けるための行為だ。

しかしあの夜は、何かが違った。千影は確かに望を性的に意識していたし、性交を望んでいた……と思う。けれど翌朝にはまるで何ごともなかったかのように、千影は普通に接してきた。

偶《たま》にハグや頬《ほお》にキスはしてくれるけど、あくまで『家族としての触れ合い』の範囲を外れない。第三者からすれば過剰なスキンシップであることは望も理解しているが、二人の間ではごく普通の挨拶でしかない。

——えっちなことしたの……嘘《うそ》みたいだ。

彼の熱と自分の性器を擦《こす》り合わせた感触は、今でも鮮明に思い出せる。雄々しく硬く反り返った昂《たかぶ》りに、望は怯《おび》えながらもそれに貫かれるはしたない想像さえしてしまった。

――千影さんの、大きかったなあ。僕のと全然形も違ってて、やっぱり千影さんは大人《おとな》なんだよね。

自分を引き取るまで彼女が途切れたことがなかったと佐神《さがみ》から聞いていたので、やはり色々経験をすると大切な部分もそれに応じた形になるのかと真面目《まじめ》に考え込んでしまう。

「おーい望、熱でもあるのか？」

「ひゃあっ」

肩を叩《たた》かれ振り返ると、怪訝《けげん》そうな顔をした遊里《ゆうり》に笑われる。

「授業終わったんだから、タブレット仕舞って学食行こうぜ」

「……そうだね」

気が付けば教室には、殆《ほとん》ど生徒は残っていなかった。元々今日は自由登校の日だから、スクーリングに来ている生徒の方が少ないのだ。

「あ、桜川《さくらがわ》！　良かった、ちょっといいか？」

「どうしたの？」

話しかけてきたのは、顔見知り程度のクラスメイトだ。確か望と同じく数年遅れで入学し、大学への進学を希望している。ノリがよいので文化祭や生徒会などに積極的に関わり、全学年に顔が利く所謂《いわゆる》『陽キャ』だ。

「この子、桜川に聞きたいことがあるってさ」

彼の背後から、ツインテールの似合う小柄な女子生徒が顔を覗《のぞ》かせる。ぺこりとお辞儀をしてから、彼女はとんでもないことを口にした。

「あのー、桜川先輩ってもしかして、ソラ君の親戚とかじゃないですか?」

「え……どうして……?」

知っているのか、という問いは寸前で飲み込む。

代わりに後輩を連れてきたクラスメイトが、詳細を説明してくれた。

「配信初期の頃に、ソラの本名が特定されたって話があったんだって。その苗字ってのが、桜川なんだってさ」

「本当のこと、教えてくれませんか? 親戚だったら、ソラのサインとか欲しいんですけど!」

大人しそうな雰囲気とは反対に、女子は望に詰め寄ってくる。

「落ち着けって。望が怯えてるだろ」

無言になった望が怯えていると勘違いした遊里が間に入ってくれるが、女子は気にも留めない。

――聞いてくるってことは、僕と宙《そら》が兄弟だって確証がないってことだよね。

女子の勢いに気圧《けお》されながらも、望は冷静に状況を判断する。

高校には、元の桜川姓で通っている。

引き取られた際に、荒鬼《あらき》の秘書の島津《しまづ》と弁護士である千影の母が動いてくれたので、問題なく養子縁組が成立したと聞いていた。

ただ、無用のトラブルを避ける目的で、卒業までは桜川姓で通すと学校側には伝えてあるのだ。

「違うよ。でもソラって、本名が桜川なんだね。初めて聞いたよ」

「ほら、偶々《たまたま》だって言っただろ。第一顔も全然似てねーし」

「なーんだ。勘違いしてごめんなさい」

がっかりした様子の女子生徒に、遊里が呆《あき》れた様子で言葉を続けた。

「苗字が一緒だからって、親戚とは限らないだろ。全くもう少し落ち着けよ。それと望に謝れ。親戚じゃなくたって、今の態度は失礼すぎるぞ」

「……ごめんなさい」

「気にしてないよ。でも配信の頃からファンだなんて、すごく好きなんだね。ソラも嬉《うれ》しいんじゃないかな」

「ソラは私の天使なんですよ！　大好きっていうか、もう命ですから！　可愛《かわい》くて、歌もダンスも一生懸命で。ソラを見てると頑張らなくちゃって思うんです……でも」

「どうしたの？」

言い淀《よど》んだ彼女に、望は胸騒ぎを覚えた。

「最近のソラ、なんだか前と雰囲気変わっちゃって。心配なんです。癒し路線だったのに、チャラ系になっちゃって。顔付きもメイクがきつめになって、離れちゃったファンもいて……。でもでも、私は応援続けますけどね！」

「そっか、君みたいなファンがいるなら、きっとソラも嬉しいし頑張れると思うよ」

これは嘘でもお世辞でもなく、望の本心だ。確かに酷《ひど》いことも言われたし、彼の手伝いばかりを押しつけられたのは事実だ。

でも宙が芸能界で生き残るために、努力をしていた姿を忘れてはいない。

「ありがとうございます。元気出ました！」

今度は深く頭を下げて、女子生徒は彼女を連れてきたクラスメイトと一緒に教室を出て行く。

「ソラの追っかけって、すげーな。あれはもう、ストーカーの勢いだろ」

「でもさ、あんなに夢中になって好きって言えるのは……羨ましいな」

無鉄砲でもなんでも、好きという気持ちを堂々と口にできる彼女を、望は羨ましく思う。

自分が千影に対して抱いている恋心は、絶対に隠し通さなくてはならないからだ。

「望も告白すればいいだろ。話聞いてると、千影さんも絶対、望が好きだって」

「……でも、何もなかったし」

「何も？　って、いつそういう雰囲気になった？　詳しく話せ」

勘のよい遊里の前で口を滑らせたのが運の尽き。望は半ば尋問のように問い詰められて、少し前に千影の手で自慰をしてもらった話をしてしまう。

話している間、遊里は茶化すことはせず大真面目に最後まで聞いてくれた。

「――それで……終わっちゃって……やっぱり女の人じゃないから、駄目なんだよ……」

次第に望は、涙声になってくる。確かに千影も勃起したし、後孔を触ろうとしていた。なのに寸前で止めてしまったということは、やはり性交するほどの魅力がないのだと結論づけるほかない。

しかし遊里の答えは違った。

「気にしてるとしたら、歳《とし》の差だろ。千影さん、何歳だっけ？」

「確か、三十二……だったと思う」

「女にしか興味ないなら、いくら保護者だからって一緒にオナるか？　千影さんは望に欲情したんだよ。けど歳の差とか、お前の将来とか考えて理性がストップかけたってとこだろ」

考えたこともない解釈に、望はただぽかんとして聞き入る。

「確実に、次はある。今度求められたらセックスのチャンスだから準備しとけよ」

「準備って、何をすればいいの？」

小首を傾《かし》げると、遊里は笑いながらスマホを出した。

「男同士でヤってる動画のアドレスを送ってやるから、勉強しとけ。通販はどうする？　自分のアカウントで、買い物できるか？」

「高い物じゃなければ、好きに買っていいって言われてる」

「甘やかされてるなあ。俺もお小遣いくれるパパでも探すかな」

「千影さんはパパじゃないよ」

「ごめんて、冗談だから真に受けるなよ。でもそれだけ、信頼されてるってことだよな」

望もスマホを出して、遊里から送られた買い物リストを確認する。そして内容を見た途端、耳まで真っ赤になった。

「本当に、これを買わないと駄目？」

「真面目すぎるんだよ。妙なモン買ったたって、千影さんは怒らないだろ」

「遊里は脈ありだって言うけどさ。もし呆れられたら、僕どうすれば……」

振られるつもりで告白するとは決めていたけど、セックスまでは望んでいなかった。そこまで望むのは分不相応だし、何より千影の性的指向に関わる問題た。

「同衾《どうきん》オナニーしといて、嫌ってことはないと思うけどな。恋人になれるかどうかは別として、一度だけってお願いするのはアリだろ。思い出作りってヤツ」

「思い出作り、か……」

居候させてもらっているマンションを出たら、二度と会わないつもりでいる望にとって、その言葉は魅力的だった。

「初めてなんだから、失敗したくないだろ」

「うん」

「それと、動画で手順は確認しとけ。失敗したら、元も子もないからな」

真剣に頷《うなず》く望に、遊里が励ますように肩を叩く。

「大丈夫だって。望は可愛いんだからさ。この間あのソラってヤツ、偶然見かけたけどさ。お前の方が断然可愛いぜ。さっきの後輩も言ってたけど、なんかキツイってか暗い雰囲気だよな」

一瞬、びくりと肩が震えてしまう。

——やっぱり、何かあったのかな？

けれど自分が心配したところで、どうすることもできない。もうソラは、望とは住む世界の違う人になってしまったのだ。

接触しようとすれば、また心ない罵声を浴びせられるだろうし、迷惑をかけることになる。

「アドバイス役に立ったら、学食のオムライスおごれよな」

「うん、分かった」

「だからー、望はなんでも真面目に取り過ぎるんだって。冗談だよ。上手《うま》くいったら、お祝いにカラオケでぱーっとやろうぜ」

気楽な遊里の言葉に、望も笑顔になった。

小春日和のある日、珍しいお客がマンションを訪ねてきた。

「お久しぶりです、望君」

「望でいいですよ。いまお茶を淹《い》れますから、島津さんは座ってください」

龍平《りゅうへい》の秘書である島津が、連絡もなしに訪れるのは珍しい。応対した望が上がるように促したが、島津はユーモアを交えて辞退する。

「いえ、本日はお届け物をしに寄っただけなので、お構いなく。それに望君と二人でお茶をしたと先生に知られたら、お叱りを受けてしまいます。『ワシだって、二人でお茶をしたい』とね」

政界から離れた今も、龍平は重鎮として日々忙しくしている。

なので本当は気軽に会うことも、ままならないのだ。

「千影様は、ご不在ですよね？」

まるで千影を避けているかのような問いに、望は首を傾げた。

「はい。今日は都内のオフィスで会議なんです」

「ではこちらを渡して頂けますか？」

お土産《みやげ》の和菓子と一緒に、ずっしりとした封筒を渡される。

厳重に封のされたそれを見て、望は焦る。

「本人に渡した方がいいんじゃ……」

「受け取りを拒否されていまして、困っていたんですよ。望君から渡して頂ければ、見てもらえると思いまして」

だからわざと留守を狙ったと、島津が続けた。

「でも大切な書類なんですよね。僕が受け取るのは……」

「望君でしたら問題ありませんよ。――実は、お見合い写真なんです。先生と懇意にしている議員の孫娘さんで、家柄も申し分ない方です。千影様はあの通りですから、そろそろ身を固めるように望君からも言って差し上げてください。先生も口には出しませんが、心配なさっているんですすよ」

深いため息を吐く島津の前で、望は必死に平静を装う。

「あの、千影さんのお見合いって。これが初めてなんですか？　付き合ってた方もいるって聞いてて……」

「以前はあまり口出しするのもよくないと、先生は千影様の選んだ相手を尊重すると仰せだったのですが。結婚までこぎ着ける相手が、さっぱりでして。お節介と承知で何人か紹介して会って頂いたのですが……最近では避けられるようになってしまわれまして」

あくまで島津は、龍平の指示でお見合い写真を届けに来ただけだ。そして龍平も、親心でお見合いを勧めているだけだと頭では理解できる。

それなのに自分の心に巣くう歪《いびつ》な恋心が、困惑と悲しみを生む。その感情を無理矢理に隠して、望は島津を気遣うように頷いてみせる。

――そうだよ。千影さんはちゃんとした相手と結婚するのが、一番なんだ。

自分が千影の傍にいれば、彼の結婚の、人生の妨げになる。

こんな簡単なことに、どうして気が付かなかったのだろう。そういう意味でも、自分が出て行くことは『正解』なのだ。

千影の将来という大切なことが、頭からすっぽりと抜け落ちていた自分の身勝手さに啞然《あぜん》とする。

「来週の水曜日に顔合わせをすると連絡をしたのですが、それ以来私からのメールも何もかも拒否されておりまして。こうして伺《うかが》った次第です。望君にまで迷惑をかけて、申し訳ない」

弱った様子の島津は、龍平と千影の板挟みで相当苦労しているのだろう。

「千影さんに、必ず見るように伝えておきます」

望の言葉にほっとした表情を浮かべる島津に、なんとも言えない気持ちになった。

「ありがとうございます。では私はこれで、失礼します」

居候の望にも、島津は丁寧に頭を下げて帰って行った。

ドアが閉まってから、望は託された封筒を改めて見つめる。この中に将来千影の家族となるかもしれない女性の写真が入っていると考えただけで、鼻の奥がつんとして涙が溢《あふ》れてくる。

「千影さん、お見合いしてたんだ」

望が知れば余計な気を回しかねないと、千影は考えていたのだろう。

──今までのお見合い相手の中に、好きになれそうな人とかいなかったのかな？

千影は優しい人だから、もし心惹かれる相手がいても、望が自立するまでは恋愛をしないと考えていた可能性が高い。

──僕は宙の言うとおり、馬鹿だ。

優しさに甘えるばかりで、大切な人の未来を奪うような真似《まね》をしていたのだ。

本当なら今すぐにでも荷物を纏《まと》めて出て行くべきだと思うのに、そうする勇気もない。

それどころか、どうせ二度と会えないのならば、と最低な考えが浮かぶ。

──二十歳《はたち》になってこの家を出る前に、一度だけ抱いて貰えたら……もう絶対、千影さんには会わないから……だから……我が儘《わがまま》を許してください。

望は封筒を千影の部屋に置いてから自室に籠もったが、彼が帰宅するまで涙を止めることはできなかった。

■■■

ここ数日、望の様子が明らかにおかしい。

話しかけても上の空で、物思いに沈んでいる時間が増えた。

――最近は大分改善してきたように思っていたが、そう簡単には治らないか。……いや、俺が触ったことがトラウマになった可能性もあるか？

恐ろしい想像が、千影の脳裏を駆け巡る。

ネグレクトの影響で、引き取った当初から寒い時期は不安定になりがちだった。あの頃に比べれば、かなり改善はしてきていた。

しかし精神的な問題だから、どんな切っ掛けで悪化するかは分からない。望の様子を見つつ、一度ゆっくり話を聞くべきかと考えていた千影だが、わりとあっさり原因は判明した。

「来週なんですけど、友達からスクーリングの後にご飯に誘われてて。行ってもいいですか？」

夕食を食べている最中、ふと会話が途切れた後で望が切り出す。

「ああ。かまわないが……もしかして、最近悩んでたのはそれが原因か？」

問うと望ははっとした様子で、口ごもる。

「……え、と」

「隠さなくていい。不安があるなら、教えてくれ。無理矢理誘われて、断りにくいなら俺が間に入ろうか？」

もうすぐ二十歳になる望に対して、過保護を通り越した言動だと自覚もある。しかし困っている望を放っておくことはできない。

「いえ、食事会は楽しみだから行きたいです、けど……」

食事会の主催はクラスのムードメーカー的な友人で、今回はスクーリングにもあまり参加しない生徒を誘ったものらしい。スカイプでも話をするグループからの誘いなので、望としては行ってみたい気持ちが強いようだ。

それなら何故？　と疑問が表情に出た千影に、望がぽつりと呟《つぶや》く。

「夕飯の支度《したく》が……」

「なんだ、そんなことを気にしてたのか。折角誘われたんだから、気にせず楽しんでくればいいじゃないか」

内心、自分のしでかしたことが原因でないと分かって、ほっとする自分が情けなくなったが、平静を装い会話を続ける。

「あと、その……外で具合が悪くなったら、迷惑かけるし」

これまでも気心の知れた友人と、スクーリングの後で食事をしたことはあった。けれどその時は数人程度で、望の事情もある程度分かっている友人だけだった。

折角楽しんでいる友人達の前で体調不良を起こせば、水を差しかねないと考える望に、千影は一つの提案をする。

「その食事会は、来週の何曜日だ？」

「水曜です。場所は――」

スマホのスケジュール表を確認すると、その日は例のお見合いと重なっていた。会場のホテルも、望達が使うカラオケボックスから徒歩圏内だ。

「丁度近くで仕事があるから、何かあったらメールをすればいい。すぐに行くから。望の食事会が終わったら、待ち合わせて一緒に帰ろう」

「はい！」

千影の言葉に、望がぱあっと笑顔になる。

この無防備な笑顔をクラスメイトも知っているのだと思うと、大人げなく胸がざわつく。

――望の友人に嫉妬してどうする。

頭の中で、数日前に佐神から言われた言葉が蘇る。

『保護者の元から自立して、旅立っていく相手を笑って手放すくらいの覚悟があるかどうかってことですよ』

手放す覚悟どころか、自分は望に友人ができたことにさえ嫉妬している。

恋人なんて紹介されたらと考えただけで、おかしくなりそうだ。

――友達と食事に行くくらい、普通だろ。俺が一々、口出しすることじゃない。

望にとって圧倒的にいい傾向なのに不満に思ってしまうのは、自分に嫉妬心があるからと更に自覚して、ますます自己嫌悪に陥る。

「……あの、千影さん」

「ん？」

「なんでもないです」

やはり何かが引っかかるが、原因がさっぱり摑《つか》めない。

結局千影はそれ以上聞き出すこともできず、表面上は平穏な日々に戻った。

□□□

午後のスクーリングが終わると、早速遊里が声を張り上げる。

「今日食事会に来れる人、集まって～！　飛び入りもオッケーだから、気軽に声かけてくれよな」

呼びかけに、まずメールで参加表明をしていた数人が集まってくる。そして興味を惹かれた生徒も声をかけてきたので、最終的には男女混合の十数人の大所帯になった。

「カラオケボックスの予約人数、大丈夫なの？」

「ちょい余裕持って予約してたから平気。集まらなかったら自腹切るつもりだったけど、これならトントンだな。あ、移動したら名前のバッジ渡すから、名前と顔が一致してなくても身構えなくていいぜ」

クラス委員を任されているだけあって、遊里は気配り上手《じょうず》だ。

早速遊里の先導で、予約してあるカラオケボックスへと皆で移動する。オンライン上でしか顔を合わせたことのない生徒が半分以上だから、微妙に緊張気味だ。

それでも、学生らしい経験ができることに望をはじめ、その場の全員が楽しみにしていると分かる。

——大勢いても、呼吸が苦しくならない。うん、大丈夫。

継母から友人を作るなと言われていた影響で、ふとした瞬間に酷い罪悪感に見舞われることがあった。けどそれも、最近ではほぼなくなっている。

クラスメイトと他愛のないお喋《しゃべ》りをしながら、予約していた店の前まで来た望は、少し先に見知った姿を見つけて足を止めた。

同時に相手も望に気付いたようで、仕事用の笑みを浮かべて近づいてくる。

「ちょっといいかな？」

「え、ソラだ！　どうして！」

「サインしてください」

「また今度ね――ちょっと、君。来て」

いきなり腕を掴まれ、近くの路地に引きずり込まれた。どうしてここへ来ることを知っていたのか分からず混乱する望に、宙が詰め寄る。

「今朝、学校で撮影してたときに、ファンの子が『桜川』の名前を出してきたんだ。お前、喋っただろ」

「もしかして、あの時の……」

「やっぱり心当たりがあるんだな。紛れて逃げようとしても無駄だぞ」

「っ……」

肩を強く掴まれ、ビルの壁に押しつけられた。

「落ち着いてよ。ソラの親戚か聞かれたけど、違うってはっきり言ったよ」

「自慢したくなるのも分かるけどさ。お前と兄弟とか、迷惑なんだよ」

「ごめん。でも本当に、僕は言ってない」

「謝るってことは、やましいことがあるんだろ？　否定したって、相手が信じなきゃ意味ないんだよ。もっと上手く欺《だま》せよ馬鹿……ま、とにかく謝罪はしてもらうから」

なかなか戻ってこない望を心配して、遊里が様子を見に近づいてくる。

「望？　どうしたんだよ」

　すると宙は、人前だということを失念していたのか、大きく舌打ちをした。流石《さすが》にその態度を前に、遊里が驚いて目を見開く。

　一瞬、宙がしまったという顔をしたけれど、すぐに誰もを魅了する笑みを浮かべた。

「ごめんね、ちょっとこの子借りるから。気にしないで」

「待てよ。望は俺達と先約があるんだ」

「……君、俺が誰だか知ってるよね」

　苛立《いらだ》った様子で、宙が遊里を睨《にら》み付ける。

　望の知る宙なら、芸能人として絶対にしない行動に違和感を感じた。ほんの数えるほどだけれど、望も宙の仕事に荷物持ちとして同行したことはある。そんな時、しつこいファンに絡まれることもあったけれど、宙は決して笑顔を絶やさず丁寧に対応していた。

　ファンでなくとも話しかけてきた相手を睨み付けるなんて、信じられない。

「知ってるよ。芸能人のソラだろ。いいから、俺の友達を返せ」

「あのさあ、折角俺が一般の学生さんとお喋りしてあげてるんだよ。感謝してよ、もういいだろ？」

　あまりの言い様に、遊里も表情を変えた。

　——不味《まず》い。

ここで喧嘩《けんか》にでもなれば、大きな問題になる。咄嗟《とっさ》に望は、遊里に頭を下げた。

「ごめん。今日はもう帰るよ。みんなで楽しんできて……この埋め合わせは、必ずするから」

「……分かった」

何かを察したのか、遊里が頷いてカラオケボックスに戻っていく。ほっと胸を撫《な》で下ろしたのもつかの間、宙が望の手を摑んで歩き始めた。

「何処に行くの？」

「すぐそこ。人を待たせてるから、早く歩けよ」

不機嫌を露《あらわ》に、宙が答える。

仕方なく付いていくと、不意に宙の方から沈黙を破った。

「母さんが電話で話してるの聞いたんだけどさ、お前借金があるんだって？」

「それは……」

正しくは継母が勝手に作った借金だ。説明しようとしたけれど、宙は最初から聞く気がないらしく望を見下すように嗤《わら》う。

「お前、すごい無駄遣いして母さんに何百万も借金させて、それで家を追い出されたんだろ？その金を返さないと、いけないよな。だから手伝ってやるよ」

冷静に考えれば無茶苦茶な作り話と分かるが、宙は信じ切っているようだ。

――どうしよう。龍平おじいちゃんに話をしてもらうのがいいのかな。とにかく、電話をしてみないと。

鞄に入っているスマホを探るが、宙が強く手を叩き睨み付ける。

「逃げる気かよ。自分の立場、分かってんの？」

「待ってよ宙。誤解があるんだってば」

しかし宙は望の手を摑んで、構わず歩いて行く。振り払おうと思えばできるけれど、望はどこか焦ったような宙の態度が気にかかり、必死に説得を試みる。

「お願いだから、話を聞いてよ。どうしちゃったんだよ、宙？　ファンの子も言ってたけど、何かへんだよ。悩みごととかあるの？」

「煩《うるさ》いな、望には関係ない！」

——これ、宙が困ってるときの声だ。

幼い頃から周囲の注目を集めていた宙は、いつでも大人の期待通りに振る舞っていた。そんな義理の弟を羨ましく思った時期もあったけれど、すぐに望は宙が常に周囲を意識していることに気が付いた。

過剰な期待に押しつぶされそうなのに、継母は宙を応援するばかり。次第に宙は望に甘えたり、あるいは八つ当たりめいた言葉を投げつけるようになっていった。

——なんとかしなくちゃ、でも僕が出しゃばっても……。

感情の起伏が激しくなると、宙も望と同じように倒れてしまうことがある。全く血は繫《つな》がっていないのに、変なところだけ似てしまった。

「落ち着いて、宙。あのね……」

明らかに場違いな高級ホテルへと入った宙に、望は困惑した。一体なにをするつもりなのか分からず、望はただ萎縮して言葉を失う。

「よう、ソラ。随分早かったな」

ロビーに置かれているソファから、一人の男が近づいて来て宙に声をかけた。派手なスーツに身を包み、ギラギラとした時計やネックレスをこれ見よがしに身につけている。

親しげに宙の肩に腕を回してきたが、宙は明らかに迷惑そうだ。

「この人、前の事務所の先輩」

「初めまして。桜川、望です」

「君がソラのお兄ちゃん？　やっぱ兄弟だけあって、素材はいいね」

先輩だと紹介されて、望は失礼のないように頭を下げる。芸能界は厳しい上下関係があると聞いていたので、たとえ事務所を移籍しても全く無関係ではないだろう。

「先輩、スカウトとかしないでくださいよ。コイツなんの取り柄もないから、お荷物になるだけですよ」

「そんな警戒すんなって……けど一度きりってのは勿体《もったい》ないなあ」

「宙、どういうこと？」

「一緒に食事とかカラオケ行くだけで、お小遣いくれるってさ」

不穏な空気を感じ取り、望は後退《あとずさ》る。けれど男の傍から離れた宙が望の腕を摑んで、放そうとしない。

男はじろじろと値踏みするような視線を望に向け、にやりと笑う。

「やっぱり予定変更。裏の方にスカウトしちゃうけど、構わねえよな？」

男の言葉は想定外だったらしく、宙が狼狽《うろた》え始める。

「ま、待ってください！　あの、俺はちょっとコイツに、身の程を弁《わきま》えてもらえばいいだけで……」

しかし男は気にする様子もない。

「お兄ちゃん、お金に困ってるんだよね。だったら短期間で稼げる仕事を手配してあげようって言ってるだけ。そんな顔するなよ」

一方的に話が進められて、宙も危機感を覚えたのか青ざめている。

「そこまでしなくても……」

「イイ子ぶらなくても、分かってるって。ソラのことはちゃんと例のプロデューサーに推しとくからさ。こんな貢ぎ物もらって、シカトとかしないから。じゃ、後で連絡するよ。ほらさっさと仕事に行けって」

それまでにこやかだった男の声と表情が、チンピラのそれに変貌《へんぼう》する。どうやら宙も男の本性を見たのは初めてだったのか、怯えきって青ざめていた。

——今逃げたら、宙が危険だ。

まずは宙と距離を取るべきだと、望は考える。ロビーには従業員や客が多くいるので、声を上げれば誰かしら近づいてくるだろう。

しかし男も望の考えなど見通していたのか、耳元に顔を近づけて囁《ささや》く。

「逃げようったって、無駄だぜ。俺の仲間が待機してる。俺達が部屋に入るまでに変な気起こせば、ソラも怖い目に遭うかもなぁ」

「貴方《あなた》は一体、なんなんですか？　先輩なら、俳優さんなんでしょう？　こんなことをしたら、仕事ができなくなりますよ」

精一杯の虚勢を張って、望は男に抗《あらが》う。けれど腰《こし》を抱くようにしてジャケットの上からベルトを摑まれているので離れることもできない。

そのまま男は望が助けを呼べないと理解した上で、恐ろしい計画を告げた。

「ソラをヤる前に、大手に引き抜かれちまって困ってたんだよ。お前にはソラの分も、営業してもらうからな。上手くお偉いさんが顧客に付いたら、次はソラもこっちに連れ戻してやる」

「芸能事務所の方じゃないんですか？」

「うちは少数精鋭なんだよ。将来性ある子に金かけるから、使えないのは裏営業で稼がせてるだけ。悪いようにはしないからさ」

エレベーターに乗せられ、望は近づいてくる男の唇《くちびる》を除《よ》けようと藻掻《もが》く。

「離して」

「手っ取り早く稼ぎたいんだろ？　君みたいに擦《す》れてないコは、需要があるんだよ。初体験をハードプレイで売れば、一晩で百万は稼げる。今時、こんなイイ話はないぜ」

エレベーターの扉が開き、廊下へと引きずり出された。廊下はロビーと違い、しんと静まりかえっている。

「あの！　誰か警察を……っ」

「静かにしろって」

頬にナイフを当てられ、望は小さく悲鳴を上げた。

「っ……」

完全に逃げ場はないのだと悟り、心の中で大好きな人の名前を呼ぶ。

──千影さん……。

これから自分がどんな目に遭うのか理解できないほど、望は子どもではない。穢《けが》されたと言わなければ、誕生日までは何ごともなかったかのように暮らせるだろう。でも望の精神は、きっと耐えられない。

絶望が押し寄せて、目の前が暗くなる。

——愛してます。千影さん。……さよなら。

もう告げることも叶《かな》わなくなった告白を胸の中で叫び、望は唇を噛《か》んだ。


お見合いに指定されたホテルに赴く前に、千影はセッティングをした島津と落ち合った。

「……申し訳ありません」

「これきりだ。見合いの話は、二度と受けない」

車内は重苦しい空気に包まれており、島津はひたすら謝罪を続けている。彼に文句を言っても仕方がないと頭では理解しているが、かといって大人しく従うのも腑《ふ》に落ちない。

「言いにくいでしょうが、親父にも改めて余計なことはするなと伝えてください。俺からも言っておきますから」

「ええ、勿論《もちろん》です。本当に、すみませんでした。今回は流石に、望君も巻き込んでしまいましたし……」

「望を巻き込む？　写真を預けただけじゃなかったのか？　まさか、見合いの話をしたのか？」

「ええ、写真をお受け取りにならないのでしたら、望君に預ければ確実に渡してくれるだろうと先生の助言がありまして」

島津の言葉で、最近望の様子がおかしかった理由にようやく合点がいく。

「くそ親父。返答によっては、縁切りだ。……？」

ポケットのスマホが振動したので急いで画面を確認すると、ショートメールに意外な名前が表示された。

「天白《あましろ》遊里……望の友達か」

万が一のことを想定し、望と仲のよい遊里とは連絡先を交換してある。彼は望が未《いま》だ過去のトラウマに苦しめられていると知っている、数少ない理解者だ。

確か今日は、遊里の誘いで食事会に行ったはずだ。慌てて内容を読むと、千影は顔色を変える。

「見合いは中止だ」

「千影様？　急に何を」

「待て、電話が入った……何だ佐神か、今トラブルが……なに？」

普段は茶化した物言いをする後輩が、焦った様子で捲《まく》し立てる言葉を千影は無言で聞いていた。そして『分かった』とだけ返すと、電話を切る。

「このまま、ホテルに向かってくれ。見合いはしない。望が攫《さら》われた。ホテル内にいる筈《はず》だ」

「かしこまりました。人手は要りますか？」

長年一癖も二癖もある議員の秘書をやっているだけあって、島津は余計なことを聞いてこない。

「親父の私邸警備をしている者を、数人呼べるか？　佐神が絡んでいるから、警察は少し待とう」

車がホテルの玄関前に停まると、千影はすぐにフロントへと向かう。そして普段は使わない『荒鬼議員』の名刺を出して、先程佐神から聞いた男の風貌を伝える。

すぐにフロントの責任者が現れ、名前や取っている部屋の番号を開示した。そして少し前に、一人の少年を伴ってエレベーターに乗ったこともボーイが証言する。

――望……。

急いでエレベーターに乗り込み、教えられた階のボタンを押す。扉が開いた瞬間、言い争う声が聞こえてきて千影は走り出す。

部屋に引き入れようとする男ともみ合う望を見つけ、千影は男を怒鳴りつける。

「その手を離せ！」

「なんだ、てめぇ？　ああソラの奴、別の事務所にも声かけてたのか」

男は一瞬怯《ひる》んだが、何かを勘違いしたのかへらへらと笑って肩を竦《すく》めた。

「コイツはうちが先に契約したんだよ。終わったらそっちに回すから、連絡先を……っ」

最後まで言わせず、千影は男の腕を捻《ひね》り上げた。すると摑まれていた手を振り払って、望が胸に飛び込んでくる。

片方の手でしっかりと抱き寄せると、望が体を寄せて縋《すが》り付く。

「——千影さん」

消え入りそうな声で呼ばれ、千影は腕を捻る手に力を込める。

「離してくれっ……っ」

「望は俺の大切な家族だ。よくも……」

「待ってください先輩！　過剰防衛になる！」

間に入ったのは、佐神だった。島津が呼んだ警備員——荒鬼家の私設ＳＰの男達も、少し遅れて駆けつける。

「この男は、望を攫ったんだぞ」

「分かっています。今回の件は、俺の事務所の人間も絡んでいるんです……」

「どういうことだ？」

千影が男から手を離し、佐神に詰め寄る。廊下に座り込んだ男は、黒服のＳＰ達が何処かへと連れて行ったが、千影は気にも留めない。

「長くなるので後日、改めて説明をさせてください。あの男に関しては、業界でも煙たがら

れている存在なんです。それなりの処罰は受けてもらうので、この場は預けて頂けませんか」

「……分かった。お前を信じる」

頭を下げる佐神に、千影がため息を吐く。佐神は一介の俳優というだけではなく、名の知れた家の子息だ。男を警察に突き出したところで、執行猶予にしかならない可能性もある。

それならば、佐神に一任した方がマシだろう。

「望君、巻き込んでしまって申し訳なかった。お友達にも変な連中からの接触はさせないから、安心してね。万が一何かあったら、俺の事務所へ連絡して」

「はい」

「では俺は失礼します」

深々と頭を下げて去って行く佐神を見送ってから、千影も残っていたSP達に仕事へ戻るよう指示を出す。

「——今回の件は、親父には内密で頼む。知られたら、君達の仕事を増やすことになるからな。さてと、俺達も帰ろう」

それまで腕の中で俯《うつむ》いていた望が、不思議そうに千影を見上げる。

「千影さん、どうしてここが分かったんですか?」

「望の友達と佐神から、連絡があったんだ。場所は佐神が教えてくれてな……その、偶々用があって、近くにいたんだよ」

まさかお見合いの場が、このホテルのレストランだったとは言えない。

「そう、ですか……」

まだ恐怖が残っているのか、望は不安げに俯いてしまう。千影は望を抱きかかえるようにして、ホテルを後にした。

□□□

タクシーで自宅に戻ると、望は千影に抱き上げられ自室のベッドに運ばれた。

「水を持ってくるから……」

「行かないで、ください」

部屋を出ようとする千影を、望は咄嗟に袖《そで》を摑んで引き留める。

――千影さんのお見合い、邪魔しちゃった。

あの瞬間、やはり自分は彼の傍にいてはならないのだと望は確信してしまう。

「今日は、お見合いだったんですよね？　本当のこと、言ってください」

はっとした様子で自分を見つめる千影を、望は真っ直ぐに見つめ返す。今不安そうにしたら、きっと千影はまた優しい嘘を吐くだろう。

けれどそんなことは望んでいない。傷ついても、真実が知りたかった。

「島津から聞いたんだってな。俺もホテルに向かう途中で知った……もしかして、最近塞ぎ込んでたのは……俺の見合いが原因なのか？」

「ごめんなさい。僕は何も関係ないのに、千影さんが……遠くに行っちゃう気がして。なんだか悲しくて……でも僕がいると結婚の邪魔になるってことも、分かってるんです。こんな、我が儘ばっかり……」

折角龍平が息子《むすこ》を想ってセッティングしたお見合いを、自分のせいで壊してしまったのだ。

「いや、それこそ望は関係ないだろ。俺は俺の意思で、これまでの見合いは断ってたし今回も断るつもりだったから、話してなかった」

「でも僕を引き取ったから、お付き合いしてた人と別れたって」

「前に付き合っていた相手と続かなかったのは、俺に原因がある。その……他人と暮らすのが性に合わないんだ」

千影の言葉が、望の心を抉《えぐ》る。

——やっぱり、無理させてたんだ。

望が謝るより先に、どうしてか千影が謝罪する。

「不安にさせて、悪かった」

「あの、僕の方こそ。お見合いの邪魔をして、すみませんでした」

「もうそんなことは気にしなくていい。望が無事でよかった」

袖を摑んだまま離さない望を宥《なだ》めるように、千影が隣に腰を下ろし肩を抱いてくれる。

――大切な家族って言ってくれただけで、僕はもう十分幸せだ。

ホテルの廊下で千影が叫んでくれた言葉を思い出し、望は涙ぐむ。

「怖かったな。もう大丈夫だから」

優しく頭を撫でてくれる千影を、見つめることができない。

お見合いを駄目にした望を叱りもせず、『断るつもりだった』と慰めさえしてくれる。そしてその言葉を素直に受け止めそうになる自分が酷く醜い存在に思えて、涙が溢れ出す。

――僕は最低だ。

こんなことを考えている自分は、やっぱり千影の傍にいられない。やはり二十歳を待たずに、彼とは離れるしかない。

――……どうせ最低なら……。

自暴自棄になった望は、千影の肩口に顔を寄せた。

「千影さんに抱いて欲しい、です」

明らかに千影が動揺したのが分かる。触れていた手が一瞬止まり、息を詰めたあとで深くため息を吐く。

「落ち着け、望」

今までの自分なら、恥ずかしくて逃げ出していただろう。けれどこの機会を逃せば、二度とチャンスはない。

「僕じゃ駄目？　それとも、あの人に触られたから汚い？」

狡いと自覚しながら、望はホテルでの出来事を盾に懇願する。

「そんな訳、ねえだろ」

どうしてか千影が、何かを抑えるような声で答えた。そして望の体を、強く抱きしめる。

「今度こそ歯止めが利かなくなりそうで、怖いんだ。お前を壊しちまったら、後悔してもしきれない」

自慰をした夜、やはり千影は自分に欲情していたのだと分かりほっとする。恋愛感情がなくても、自分を性的な対象に見てくれているなら、それだけで十分だ。

「千影さん、僕を子ども扱いしないで」

「本当に、いいんだな？」

「うん」

頷いて、望はぎゅっとしがみつく。

「……そうだ。少し待ってください」

「ん？」

ベッドに押し倒される前に、しなければならないことを思い出したのだ。

怪訝そうにしている千影から離れて、望は床に落ちたバッグから小さいポーチを取り出す。

「あの、これ。使うんですよね？」

「何だ……？」

ポーチを受け取った千影が中を開けた瞬間、なんとも形容しがたい表情を浮かべる。それを見て、望は自分が酷い間違いをしたと気が付いた。

「確認するが、これはどうしたんだ」

入れておいたのは、携帯用のジェルとコンドーム。勿論使ったことなどないけれど、持ち歩いているという時点で疑われても仕方ない。

「準備しておいた方がいいって、友達から教えてもらってたから。ネットで調べて買ったんです……いやらしいことばっかり考えて、ごめんなさい」

隠しても仕方がないので、望は正直に友達の助言でネット通販したと告白した。

恥ずかしいのと、呆れられたと思う気持ちで再び涙が溢れ出す。

「はしたないですよね……でも、止めないでください。お願いします」

耳まで真っ赤になって俯く望に、千影が手を取って引き寄せる。大人しく従うと、腕の中でくるりと体を回転させられ、魔法みたいに優しくベッドに横たえられた。

「悩ませた俺が悪かった」

「千影さん？」

「俺がきちんと向き合わなかったせいだな。曖昧な態度でいて、すまなかった。……望はあの夜、俺が欲情してたことに気付いてたんだな？」

「……うん。けど間違ってたら、恥ずかしいし……言い出せなくて」

告白するには勇気が要る。

「それに……千影さんが、あのとき途中で止めたから。やっぱり僕じゃ駄目なんだって、思って……」

「――情けないな、俺は」

どうして千影がそんなことを言うのか、望には分からない。

「俺は本当に、望が可愛いんだ。可愛くて可愛くて大切にしたいのに、滅茶苦茶にしたくなる。ずっとそう思ってた。だからあの夜も、途中で止めるのに必死だった」

迷っていたと、正直に話す千影が静かに続ける。

「保護者であるべき俺がお前を抱くなんて、許されないことは分かっている。守られなきゃいけない時に頼れる大人がいなかった――そこに現れた俺に、お前が依存したり愛着を持つのは必然なんだと思う。けれど俺は、それすら利用してしまいたい狡い大人だ。……けど望も、もう守られるだけの子どもじゃ、ないんだよな？」

どこか自分に言い聞かせているような千影を、望は黙って見上げていた。

大人で様々な物事を分かっている千影が、自分のことで真剣に悩んでくれている。それだけでも夢みたいに嬉しいのに、千影は信じられないことを告げた。

「対等な大人として、お前と向き合いたい」

一生分の幸せを貰ったと、望は思う。

これ以上の幸福を望んだら、きっと罰が当たる。

「……大人扱い、してくれるんですか？」

「当たり前だ。これから抱く相手を、子ども扱いする訳にはいかない」

嬉しいのに、涙が止められない。

「好き、千影さん……大好き」

千影の顔が近づき、唇が重なる。

——千影さんと、えっち。するんだ。

服は自分で脱ぐと言ったのだけど、何故か千影は許してくれなかった。恥ずかしかったが、千影の言うことを聞いて必死に大人しくしていた。けれど、触れてくる手の動きがどうにもくすぐったくて、望は何度も悲鳴を上げてしまう。

気が付けば自分も千影も裸で、窓から差し込むぼんやりとした灯《あか》りだけが互いを照らしている。

ずっとこうなりたかったのに、怖い。

そんな気持ちが表情に出てしまったのか、千影がふと手を止める。

「止めるか？」

「大丈夫です、千影さん……最後まで、してください」

頼んでおきながら、自分はセックスの手順が分からない。遊里が送ってくれた動画を見てみたものの、実際にするとなると心も体も緊張してどうしたらいいのか混乱するばかりだ。

今更、千影に迷惑をかけてしまうと気付いたけれど、どうしようもなかった。

——我が儘な子どもで、ごめんなさい。

「お願いします」

「そんなふうに言うもんじゃない。望は家事も仕事も、色々と先回りして動いてくれて助かってるが。こんな時は気を遣ったりするな」

「は、ひゃいっ」

不意打ちでローションを胸に垂らされ、変な声を上げてしまう。真っ赤になった顔を見られたくなくて顔を背けると、頬に口づけられた。

——恋人同士みたい。

胸を弄《いじ》られ身を捩《よじ》ると、千影の手はゆっくりと肌《はだ》をなぞり下腹部に到達する。中心を弄られる羞恥に唇を噛む望に、千影が申し訳なさそうに問う。

「続けられるか？」

「はい……千影さんになら、なにされても……へいき……あっ」

「大切に抱く。だから許してくれ」

両脚を広げられ、閉じられないように千影が体を間に入れた。そして望の腰の下に、クッションを置く。

「やっ」

「この方が楽なんだよ」

恥ずかしい場所を曝《さら》け出す体位に、望は羞恥で涙ぐむ。

逃げ出したいくらい恥ずかしいけれど、そんなことをしたら千影はきっと止めてしまうに決まっている。

「息、止めるなよ」

「は、い……っ」

ぬるりとした感触と共に、千影の指が望の体内に挿《はい》ってくる。ローションのお陰で痛みはないけれど、違和感だけは消しきれない。

それでも指の動きに必死に耐えていると、勝手に腰が跳ねた。

「この辺りが、望の前立腺《ぜんりつせん》だな」

「ぜん、なに？」

「男の弱点だよ。ココを解《ほぐ》してやると、中で感じられるようになる」

入り口から少し入った場所を指の腹で撫でられると、背筋がぞわりとして腰が甘く疼《うず》く。

触られていないのに自身が張り詰めるけれど、射精には至らない。

「なに、これ」

時折きゅんっと、強い刺激が内側から全身を駆け抜ける。

射精衝動とも違うそれに、望は戸惑いながらも感じていた。

——これ、駄目。だめに、なっちゃう。

「望は敏感だな。嬉しいよ」

「……うれしい、の？」

「ああ」

微笑《ほほえ》む千影に、望は安堵《あんど》する。

彼がそう言ってくれるなら、何も怖くなかった。

疼きは次第に、甘ったるい熱へと変化していく。既に望の中心は完全に勃起しているのだが、先端から蜜を零《こぼ》すだけで射精はできていない。

「も、苦しい……千影さん……ひっぅ」

千影の手が、望の性器をそっと包み込んだ。それだけで望は達してしまう。

埋《うず》められた千影の指が前立腺を撫でる度に、ひくひくと腰が跳ねて絶頂が続く。

「あ、あ。千影さん、中……へんなの……たすけて……」

「ああ、お前を貰うよ、望」

覆い被《かぶ》さってくる千影の背に手を回すと、下半身を持ち上げられた。それまで指が挿っていた場所に、熱いモノが押し当てられる。

ぎゅっと抱きつくと、解された秘所に太い性器が入り込んでくる。

――苦しいのに、気持ち……いい。どうしよう。

中が痙攣《けいれん》すると、挿入された性器が硬さを増す。

「望、俺は……」

「すき、です。千影さん」

挿入されて苦しいのに、それを上回る多幸感が望の体を支配し、快楽に繋げてくれる。

太いそれが動く度に、前立腺が刺激されて望は鳴き喘《あえ》いだ。

「っ……あん、ぁ……もう、だめっ」

全身がぞくぞくしてイきそうなのに、もどかしい熱だけが蓄積されていく。

「まだ中だけじゃ無理か」

千影の言う意味が分からず縋り付いていると、片手が望の萎えかけた性器を扱《しご》く。限界近くまで蜜を出し切っていたそこは、僅《わず》かな愛撫《あいぶ》にも敏感に反応した。

「あ、あっ。ちかげさん、も出ない、から……ぁッ」

「けど擦ると、イけるだろ?」

鈴口を指の腹で愛され、望は蜜を放たずに達した。初めて知る強い快感に動けなくなっていると、体の中で千影が精を放つ。

避妊具越しにも感じる熱に、望はうっとりと目を細めた。

――千影さん、感じてくれたんだ……。

たった一度だけ。それがこんな一度なら、自分はきっと一生これだけを胸に抱いて生きていける。

快楽と安堵に包まれて、望は微睡《まどろ》みの中に落ちていった。


翌朝、目覚めた望は嬉しいと思うより、まず困惑した。

――千影さん。近い。

一緒のベッドで眠ることはこれまで何度もあったけれど、体はすっぽりと彼の腕に抱き込まれていて、額には唇が当たっている。

互いにパジャマを着て眠ったから、肌が直接触れているわけではないけれど、初めてセックスをした直後の望にしてみれば、かなり衝撃的な朝になった。

「望、おはよう」

「……おはようございます」

頭を撫でながら、触れるだけのキスと同時に挨拶をされる。これではまるで、恋人同士のようだ。

昨夜の千影は優しかったけれど、それはあくまで望を気遣ってくれただけに過ぎない。

――勘違いしそうだから、止めて……って言うべきなんだろうけど。

散々悩んで、彼から自立すると決めたのに、『もしかしたら』という諦めきれない希望が望の心を乱す。

そんな望の気持ちを知ってか知らずか、千影はベッドから出てもこれまで通り。いや、それ以上にスキンシップを求めるようになってきた。

てっきり一夜きりの関係だと思って体を委ねた望は、まるで恋人のように接してくれる千影の態度に内心焦った。嬉しいけれど、この優しさを受け入れる資格はないのに……。戸惑う望を千影はどこまでも甘やかしてくれる。

好きな人から触れられるのだから、拒むなんて無理だった。

頭を撫でたり抱きしめたりといった触れ合いは増え、夜も必ずどちらかのベッドで一緒に眠る。困ったのは、三日に一度は本当の恋人同士のように千影から求められることだ。

望を優しく気遣う千影から、甘く口説かれながら口づけられてしまうと、とても拒絶なんてできない。望だって千影を嫌って離れる決意をしたわけではないから、求められれば素直に嬉しい。

――ちょっとずつだけど、千影さんの形になってる気がする。

湯船に浸かりながら、望は下腹部をさする。夕食後に『今夜、いいか？』と聞かれたから、確実にこの後、抱かれるのだ。

頬が熱くなると同時に、じんとお腹が疼く。はしたない体に変わっていく自分に戸惑いつつも変えてくれるのが千影という現実が嬉しくて堪らない。

――昨夜《ゆうべ》も沢山キスしてくれたし。夢みたいだ。

けれどこの幸せな時間も、期限付きであることに変わりはない。

――……これ以上されたら、本当に千影さんの……覚えちゃうだろうな。

彼と別れても、この体に愛された記憶が残るならそれは幸せだ。

卒業して一人暮らしを始めたら、二度と千影に会わない――会うことはできない。けれど千影との甘い日々を思い出せば、きっと生きていける。

――できるなら、もう少しだけ一緒にいたいけど……ううん、甘えたら駄目だ。

何より買われた身なのだから、我が儘は言えない。

お見合いはこれからも持ち込まれるだろうし、龍平にも申し訳ない。いくら千影が嫌だと言っても、望が出て行けば纏まる話もあるはずだ。

大好きな人の将来を、家族からも見捨てられるような自分が奪っていいはずがない。

「……望？　長く入ってると、のぼせるぞ」

「はーい」

まるで長い間一緒に暮らした家族のような遣《や》り取りも、千影の気遣いがあってこそ成立している。それを自分は、忘れてはいけない。

湯船にぽたりと、涙が落ちる。

「甘えたら駄目」

タオルで顔を拭《ふ》き軽く頰を叩く。千影は百戦錬磨の大人なのだから、そんな人相手にセックスしてもらっているだけで恋人になった気でいるなんて、それこそ厚かましい。

――しっかりしなくちゃ。

きっと今夜も、甘やかされながら抱かれることになる。それを決して、愛されていると勘違いしてはいけない。

胸の奥の痛みを必死に抑えて、望はもう一度タオルで顔を拭《ぬぐ》った。

己の欲望を抑えきれず、望を抱いてから二週間が経とうとしていた。

結局の所、千影は自分が望を庇護すべき相手ではなく、恋愛対象として見ていたと自覚せざるを得なかった。無垢な依存心につけ込む形で抱いてしまったことに関しては反省すべきだが、関係を持ったことに後悔はない。

むしろ、これから望と歩む人生に改めて責任を感じ、それを嬉しく思う己に気が付いた。

自覚してしまえば、これまで思い悩んでいたことが馬鹿馬鹿しくなるほど、これ以外に進むべき道はなかったと思えた。

同時に保護者という形に囚われていたせいで、望に余計な不安を与えてしまったことを猛省する。

抱いている間、望はうわごとのように『好き』と言い続けていた。

あれだけ健気《けなげ》に想ってくれていたのに、気付けなかった己が情けなくなる。

ただ、気がかりなこともあった。

まだ望は不安げな表情を浮かべ、落ち着かない様子でいる。誕生日が近づいているせいだと思うが、何かが引っかかる。

とはいえ、抱き合うときは望も嫌がっている素振りはないから、ゆっくり気持ちを合わせていこうと決めた。

そんな時、佐神が千影のマンションを訪れた。

「お久しぶりです」

「元気だった？　これ、お土産。日本初出店のチーズケーキ」

「ありがとうございます。紅茶を淹れますから、二人はリビングで待っててください」

紙袋を渡された望が、早速キッチンに向かう。

「すっかり、奥さんですね」

「煩い。それで、どうなった？」

望が拉致されかけた事件以降、佐神とは連絡を取っていなかった。なので今日は、その報告に来たのだと聞かずとも分かる。

「ええ、勿論先日の件の話をするつもりで来たんです。ただ俺も、初耳だったことがあったりで……確認やら何やらで、連絡が遅くなってしまって。すみません」

佐神が歯切れの悪い物言いをするのは珍しい。

「望君にも伝えないといけない内容なので、同席してもらってもいいですか？」

「ああ、分かった」

ショックは受けていたが、精神的に引きずっている様子はないので千影は了承した。

望の用意してくれたお茶とケーキを前に、三人は改めて近況を報告し合う。

「――佐神さんは、事務所の社長さんだったんですね。それで俳優でもあるなんて、凄いです」

「先輩、言ってなかったんですか？」

「会社には名前を貸しているだけで、飽くまでも俳優が本業だと言ってたのはお前だろう」

俳優としか聞いていなかった望が、佐神の仕事の話を聞いてぽかんとしている。

しかし驚いたのは、それだけではなかった。

佐神の事務所に、望の弟の宙が所属していると聞かされ、望も千影も言葉を失う。

「苗字は同じなのは知ってたけど、まさか望君と宙が兄弟とは思ってなかったよ」

顔は全然似ていないし、家族構成も両親と宙の三人と聞かされていた。家族で売り出すような方向でもなかったので、特に疑問は持たなかったのだと、佐神が続ける。

「義理の兄弟だからな。似てないのも当然だ」

「宙は継母《かあ》さんの連れ子なんです。宙は僕の存在は邪魔だから、事務所にも伝えてなかったって話してました」

淡々と告げる望に、佐神も困ったように眉《まゆ》を顰《ひそ》めた。

「君が先輩に引き取られた経緯は大体聞いてたから、その、酷い機能不全家族だと思ってたけど……そういうことか」

怒るというよりは、何かに得心した様子で佐神が頷く。そして『宙を庇《かば》うわけではないけれど』と前置きをして、衝撃的な事実を話し始める。

宙のギャラは全て母親の口座に振り込まれており、実質取り上げられていたというのだ。母親は隠していたようだが自身は働かないのに買い物ばかりする親を見ていれば、嫌でも疑問を持たざるを得ない。望が荒鬼家に引き取られてからますます浪費は激しくなり、実子の宙に対しても随分酷い扱いをするようになっていたらしい。

「宙は『稼がないと自分も望のように売られてしまう』と思い込んで、あんな暴挙に出たと話してくれた」

「つまり出演料だけじゃ足りないから、怪しい元先輩とやらの甘言に乗って望を売ろうとした訳か」

「これは事務所としての失態だ。もっと早くに気付いていれば、手を打てたことだ。本当に、申し訳ない」

改めて怒りが再燃するが、隣に座る望の声で千影は落ち着きを取り戻す。

「待ってください、宙はとっても可愛がられてたし。宙の本当のお母さんですよね。どうしてそんなことになっちゃったんですか？」

「酷い話だけれど、正直に話すよ。宙の存在は初めから、金儲けの道具としか考えていなかったんだよ。望君のお父さんは、宙を可愛がりはしたけれど、聞く限り……ペットのような扱いだったようだし。お母さんの方は、宙が幼い頃から子役として売り込んだりしていたのは、金策の手段として、だったみたいだ」

「そんな……」

真っ青になった望が、口元を押さえる。

「今の桜川家を経済的に支えているのは、宙のギャラだけです。父親は殆ど帰っていないようだし、母親は話したとおりでどうにもならない」

話を聞く限り、宙も母親の被害者だ。とはいえ千影からすれば、釈然としない思いもある。

「それは警察か、児童相談所に持ち込むべきだろう」

「最初はそれを検討したのですが、すぐに動いてくれるかは分からないので。俺の権限で、事務所で保護することにしました」

「僕も辛かったけど、宙は今になって色々と知ったんですよね」

無償の愛を注いでくれていたはずの母親が、実は愛などない守銭奴だと知ったショックは計り知れないだろう。

「だからといって、望君にしたことが許されるわけじゃない。もう望君には接触しないよう事務所からも強く言うから……どうか、この件は俺に預けて欲しい」

「つまり警察には届け出ないってことだな。で、前の事務所の先輩はどうなった？」

「調べてみたら、偶々あの事務所に出入りしてただけで、正式な所属契約を交わしていない男でした。仕事を転々としていたらしくて、かなりヤバい筋から借金もしていたことが判明したので『こっちには今後一切関わらせないこと』を条件に引き渡しましたよ」

恐らくは、警察に突き出されるより、更に大きな代償を支払うことになるだろう。しかしそんな想像ができるのは千影と佐神だけで、望は小首を傾げている。

ともあれ、もうあの男に脅かされることはないのだと理解はしてくれたらしく、望が佐神に頭を下げる。

「佐神さん、宙を守ってください」

「勿論だよ。宙は将来性があるからね、芸能活動に専念させるためにも今はうちの運営する寮に入ってもらってるんだ。たとえ親族でも、事務所の許可がないと入れないから安心して」

つまりは体よく、『保護』とは明言せずあくまで『仕事に専念させる』名目で継母から引き離したのだ。

「確かに、その方が宙君の為にもなるだろうな」

「それとね。これを預かってきたんだ。読むか読まないかは、望君に任せるよ」

そう言って佐神が取り出したのは、真っ白な封筒だった。

受け取った望は少し躊躇《ちゅうちょ》してから、封を開けて便箋を取り出す。

「千影さんも、一緒に読んでください」

「いいのか？」

「はい」

体を寄せてくる望の肩を抱き、手紙を覗き込む。書かれていた内容は『今まで酷いことして、ごめんなさい』という、飾らない言葉での謝罪だった。

恐らくは母の元を離れたのと、自分がしでかしたことのショックで冷静になったのだろう。望は暫《しばら》く手紙を見つめ、そっと封筒に戻す。

「……正直……まだどう答えたらいいか、自分でもはっきりしないけど。いずれ返事を書きます。今は頑張ってと伝えてください」

「読んでくれて、ありがとう。望君の言葉はきちんと伝えておくよ」

安堵した様子で、佐神が紅茶に口を付ける。珍しく千影も緊張で喉《のど》が渇ききっていた。

二人して紅茶を飲み干し人心地付くと、佐神が徐《おもむろ》に切り出す。

「今回の件で、社長としての業務に専念する気持ちになりました」

「親のようになりたくなくて、俳優になったんじゃなかったのか？」

少し茶化すと、佐神が苦笑した。

「やっぱり兼業だと、ここぞって時にタレントを守れないって身にしみたんです。――ところで、二人の結婚式はいつなんですか？」

急に話題が変わり、千影は望と顔を見合わせる。

「それはまあ、追い追い……」

恥じらう望を想像したが、何故か恋人はきょとんとして千影を見つめていた。そして佐神に向かって、信じられない発言をする。

「何か勘違いしてるようですけど。僕と千影さんは、そういう関係じゃないですよ？」

屈託のない笑顔に、千影と佐神は動揺を隠せない。

「えっと……先輩とは、とっくにそういう関係かと思ってたけど……違うの？」

「？」

「いやだって、俺に紹介してくれた時にはもう。先輩は望君が可愛くて可愛くて堪らない、みたいな態度だったじゃないですか」

初めて佐神に望を紹介したのは、引き取って半年ほど過ぎた頃だ。

「いやいやいや、あの頃は流石に家族として紹介しただけで……」

「まさか、自覚がなかったんですか。もう今となっては明らかに先輩の態度は、保護者じゃなくて恋人、っていうかもう結婚を視野に入れた感じですけど——それも自覚してない？」

「あの、佐神さんが思ってるようなことはないから。大丈夫です」

「……望君、いまなんて？」

「の……望？」

焦る千影に、望が笑顔で追い討ちをかけた。

「本当に、大丈夫ですから。僕はもう大人ですから、何度かセックスしただけで恋人になったつもりとか、そんなの考えたこともないから千影さんも安心してください」

ちぐはぐな会話で、互いの間に酷い誤解が生じていると、千影はようやく気が付く。

「先輩、どういうことか説明して貰えますか？　内容次第では、先輩でも殴りますよ」

「いや、その。俺も分からん」

「佐神さん、千影さんは悪くないです。初めては、僕からお願いしたんです。これまで僕を家に置いてくれて、大事にしてくれて感謝してますし、思い出をもらっただけなんです。だから殴るなんて、言わないでください……っ」

堪《こら》えきれなくなったのか、望がぽろぽろと泣き出す。

「何を言い出すんだ望。俺はお前を」

「だって千影さん。本当は他人と暮らすのは性に合わないんですよね？　もっと早く気付かなきゃいけなかったのに。鈍感で、自分のことばっかりで、ごめんなさい」

「なにを言ったんですか先輩！」

両手で顔を覆い、嗚咽《おえつ》を漏らす望に千影はただ狼狽える。

「望君は、何も悪くない。悪いのは全部、千影先輩だよ」

「っ……でも……千影さんは、なにも……」

「まさか、まだ告白していなかったんですか！」

言われてやっと千影は、大切な言葉を伝えていなかったと思い至る。その表情を見て全て察したのか、呆れたように佐神がトーンダウンした。

「俺は帰ります。先輩は望君と、きちんと話し合ってください」

「すまない」

「望君」

「……はい」

「先輩のことが嫌になったら、いつでもうちにおいで。部屋は余ってるから」

いつもなら即座に反論する千影だが、流石に今は言葉もない。そんな千影に対して佐神は遠慮なく盛大なため息を吐くと、ソファから立ち上がった。

□□□

佐神が帰ってしまうと、リビングには気まずい沈黙が落ちた。

明らかに苛立ってる様子の千影に、望は申し訳ない気持ちで一杯になる。

「――ごめんなさい、変なこと言って」

「お前が謝ることじゃないだろ」

千影から離れようとするが、逆に引き寄せられ横抱きにされる。唇で涙を拭われ、呆然《ぼうぜん》としていると千影が静かに告げる。

「望、俺はお前を愛してる」

「え……」

「俺のことは、嫌いか？」

「嫌いなわけ、ないです。でも――」

他人と暮らすのは苦痛じゃないのか、と疑問を口にする。付き合っていた相手と別れた理由を、千影は確かにそう言っていた。

「望だけが特別なんだ。一緒にいて欲しい」

真摯《しんし》な言葉に、気休めや嘘は感じられない。でも望の不安は増していくばかりだ。

「すごく、すごく嬉しいですけど、でも僕は千影さんの重荷になりたくないんです」

「俺は望を重荷だなんて感じたことは、一度もない。理由は、それだけか？」

「――きっと僕は、どれだけ好きって言われても。信じられなくて、これからも多分、酷いことを言ったりしたりするんだと思います。その……ネットで知ったんです。『試し行為』っていって、相手の気持ちを確かめる為にわざと酷いことをするって。そんなこと、千影さんにしたくない……」

その記事を読んだのは、偶然だった。自分が継母から受けてきた行為はネグレクトだったと、理解しはじめた頃のことだ。

千影に迷惑をかけないよう、一人でも精神的に立ち直る方法はないか事例を調べていくうちに、件《くだん》の記事へと行き当たった。

「『試し行為』って、僕に当てはまることだって、すぐに分かりました。本当ならすぐにでも離れた方が、良かったんだと思います。でも折角高校へ行かせてくれたのに、中退すれば千影さんの厚意を無駄にしてしまうことになるでしょう？　それに、自立するなら、保護者の同意が要らない年齢の方が、生きていく上で便利だって他の記事に書いてあって……だから、高校生でいる間だけは甘えさせてもらおうと思って……僕って、自分のことばっかりですよね」

千影の厚意を無駄にしないため、と言いながら、結局のところは自分の我が儘に過ぎない。こんな狭い考えを知れば、千影だって望に対する見方が変わるはずだ。

なのに彼は、首を横に振る。

「そこまで思い詰めていたのか……俺の責任だな、すまない」

「思い詰めてません。当然のことだと思います」

驚く千影に、望ははっきりと否定する。ネットの情報を全て鵜呑《うの》みにしたわけではないけれど、様々な記事を読み自分なりに考えた結果だ。

他にも高校の友人や担任に相談し、自分の置かれていた境遇を冷静に見つめた結果だと説明する。

その間、千影は黙って望の話に耳を傾けてくれた。きっと大人で人生経験も豊富な彼からすれば、反論したいこともあるだろう。

それでも望が考えを話し終わるまで黙っていてくれるのは、やはり優しいからだ。

「——なにより……何の役にも立たない、千影さんが欲しかったわけでもないものを買ってもらって、これ以上迷惑はかけられません」

ここでやっと、千影が口を開いた。

「買う？　なんか買い物したのか？」

「そうじゃなくて、千影さんは継母さんから僕を『買った』でしょう？」

「望……お前、覚えてる、いや、思い出したのか？」

実際の遣り取りこそ曖昧だが、確かに自分は売られた。

「詳しい会話はやっぱり朧気《おぼろげ》ですけど、確かに僕は継母さんに売られた——こんな大事なことは忘れてなくて、よかったです」

「そうか……忘れてくれているなら、それが一番だと思っていたんだが……」

それも明らかに、自分には釣り合わない金額だったはずだ。

「だが、それは継母に手を引かせるためだ。結果として金銭が絡んだけれど俺も親父も、望を金で買ったとは考えていない」

それに、と千影が微笑む。

「あの程度の金額、望が気にすることじゃない。あの女の借金を肩代わりしてお前が解放されるなら安いもんだ」

「嘘です。だって継母さんが提示した紙にはゼロが沢山書いてあって……」

思わず、といったように千影が吹き出し、望は唇を尖《とが》らせる。真剣に話をしているのに、その態度はどうかと思う。

「笑って悪かった。確かに、望からしたら、大金だよな。けど俺は何としてでも、あの親から望を引き離したかったんだよ」

尖らせた唇に、千影がそっと触れる。愛撫みたいなその動きに、望はびくりと身を震わせた。

「当時は姉さんの選挙が控えていたから、親父も金で解決する方向で動いていたんだ。その方が手っ取り早いし、あの程度ならはした金だ。けど望をそこまで深刻に悩ませたのは、全て俺の落ち度だ。とにかく、俺がやりたいようにやったんだから、望が気にすることはない」

そう言われても、分かりましたと納得できるほど望の神経は太くない。口ごもる望に、千影は続ける。

「それと、親父は望のお母さんに申し訳ないことをしたと、今でも悔やんでいる」

「龍平おじいちゃんが？　どうしてですか」

はっとして千影を見ると、申し訳なさそうに彼が目を伏せる。これまで一度も、実母の話が出たことはなかった。

望としては位牌《いはい》を取り返し、年に一度墓参りに行けるだけでも十分すぎることだったから、特に何も言わなかったというのもある。だから『龍平が悔やんでいる』というのは驚きだ。

「親父は俺が望を引き取ってから、人を使って望の両親のことを調べさせていたんだ。遠縁の者だから結婚式の際には電報を打っただけで、向こうからも返礼はなかったからその後の遣り取りはなかったと聞いている」

「僕も父さんから親戚の話は聞いてましたけど……そういえば会ったことがないや」

まだ実母が生きていた頃、父は晩酌をしながらよく親戚自慢をしていた。その時だけは上機嫌でよく笑っていたと、朧気だが記憶している。

「調べた人間の話によると、奥さんがどれだけ自分に尽くすかを、同僚に自慢することだけが楽しみのような男だったらしい。だからあえて、身寄りがなく逆らえない女性を選んで妻にしたと、堂々と吹聴していたそうだ。……すまない。実の父親のこんな話、聞きたくなかったな」

あえて逆らわない相手を選び結婚したという理由は、有美《ゆみ》を深く愛する龍平が激怒するに十分な内容だった。望は力なく首を振る。

「……だから位牌も、あっさり僕に渡してくれたんですね」

更には父が望の元に連絡を寄越さなかったのは、無関心な彼が妙な気まぐれを起こしたとしても『会わせるのはよくない』と龍平が判断して、接触しないと一筆書かせていたからだと知らされる。

「じゃあ、継母さんとは？」

「あの再婚は利害の一致だ。すぐに自慢できる子どもが欲しかった父親と、元モデルで派手な母親、子役もやっている宙。誤算だったのは継母の浪費癖だな」

結局、家のことを一切しない継母と喧嘩になり望を連れ戻せないか父から何度も打診があったが、全て龍平の方で追い返していたのだ。

「今でも望が住んでいる場所は、彼等に知られてない。ここに押しかけてくる心配はないから、安心しろ」

言われて望は、ほっとする。そしてそれだけ桜川家を嫌っていたのだと、初めて自覚した。

だが同時に、ここまで守られている現状を申し訳なく思う。あくまで千影は過ぎるほどの厚意で望を匿《かくま》っている訳で、望がお荷物であることに変わりはないのだ。

「なんだか、納得できないって顔だな」

「だって！　だって、僕だけが何もかももらってばかりで……そんなのダメです」

「じゃあ、望はどうしたい？」

「継母さんに渡したお金も、僕が暮らしていくために千影さんが使ってくれたお金も全部返して、千影さんに僕を引き取る前の人生を返さなくちゃ……」

「それは、望が本当に『したい』ことなのか？」

「………っ」

問われて、言葉に詰まる。けれどこのままではいけないとも、望は思うのだ。

――価値のない僕に、できること……。

考えても考えても、答えが出てこない。情けなくて涙ぐむ望に、千影が突拍子もない提案を持ちかけた。

「――分かった。どうしてもお礼をしなきゃ気が済まないってんなら、お前の人生を、俺によこせ」

突然の宣言に、望はどう答えるべきなのか迷う。

「あの。僕の人生ってことは、僕の全部を差し出すって意味で……えっと、これまでだけじゃなく、これから働いたお金も全部千影さんに渡すって意味？　で合ってますか？」

真面目に聞いたのに、千影は声を上げて笑い出した。

そしてひとしきり笑うと、不意に真面目な顔になって望を見つめる。

「――望、愛してる。俺に、俺の愛するお前を、全部くれ」

「千景さん……」

心臓が止まっていないことが不思議なくらいだと、望は思う。

「望が不安な分、俺が満たしてやるから。お前自身がお前を信じられなくてもいい。『試し』でもなんでも、好きにしろ。そんな馬鹿なことを考えられなくなるまで、もういいってくらい俺が愛してやる」

呆然とする望に、千影が何度も口づける。優しくて甘いのに、その口から紡がれる言葉は、何処か凶暴さを帯びていた。

けれどその強い欲望に、望は全てを差し出したいと思ってしまう。

「望の人生は、俺が全部まるごと背負ってやる」

「千影さん、本当にいいの？」

「俺が欲しいから、奪うって言ってるんだよ」

自分だけが知る、凶暴で甘い千影の本性。

望は身じろぎもせず、千影を見つめていた。

「望が信じられるまで、何度だって愛してるって言うよ。ずっと一緒だ」

もういいのだと、心の奥で何かが囁く。

これから先も、ずっと順風満帆とはいかないだろう。それでも千影に全てを奪って貰えるなんて、最高に幸せだ。

「はい。僕は千影さんのものです……千影さん、愛してます」

強く抱きしめ合い、口づけを交わす。

何度も体を重ねたのに、こんなにも胸が高鳴るのは初めてだ。

――嬉しい、嬉しい……！

言葉が出てこないまま抱き上げられ、望は千影の首に腕を回す。今夜はきっと、寝かせて貰えないだろうなと思いながら、愛《いと》しい人の肩口に顔を埋めた。


佐神から報告を受けた数日後、思いもよらない事態が起こった。

望の継母から龍平宛に、内容証明郵便が届いたのである。

訴状の作成には弁護士が関わっており、これを裁判所へ提出する前に直接の話し合いを求める旨が書かれていた。

「どうして継母さんが？」

「恐らく宙君が寮に入ったことで、いよいよ経済的に追い詰められたんだろう。給料の支払い先も、佐神が口座変更をしたはずだからな」

内容は単純に、『望を返せ』というものだった。千影の推測では、宙の給料が振り込まれなくなったので新しい稼ぎ手として望を狙ってきたのだろうということだ。

望を引き取った時点で公的な手続きも済ませているから、今更継母の言い分が通るとは思えない。

しかし当時、弁護士が立ち会ったとはいえ、金銭の授受があったということが争点になりかねない。そこを突いてきたのだろうと、千影が説明してくれた。

「俺と親父で話を付けることは可能だが、どうする？」

「継母さんに直接話がしたいから、僕も行きます」

今でも継母と対峙するのは怖い。

けれど逃げていては、いつまでも怖いままだと望は思う。それにこんな内容を送ってくる程だから、何かしら勝ち目があると踏んで行動している筈だ。

――嫌な予感がする。

お金絡みになると、なりふり構わない人だと望はよく知っている。自分が出ていっても、何の役にも立たない可能性の方が高い。

けれど自分自身の過去に決着を付けるためにも、同行を申し出る。

千影も望の気持ちを汲《く》んでくれ、すぐに龍平と連絡を取り話し合いの日が決められた。

そして当日。

堂々と正面玄関から乗り込んできた継母と望は、龍平の私邸で再会を果たした。

派手なブランド物のスーツを纏い生真面目そうな弁護士を従えた継母は、本人自身が芸能人か有名セレブのようだ。

しかし口を開けば、あの日と何も変わっていないことに望は気が付く。

「あら望、大きくなったわね。おかあさん、嬉しいわ。この間ね、宙が急に出て行っちゃって……お給料の口座も事務所管理になっちゃったのよ。まあ、出世払い？　として貯金してくれてるみたいなんだけど。ただ貯金の方にばっかりお給料がいっちゃって、おかあさん毎日のご飯も食べられないの」

ソファに座るなり、聞いてもいないことをべらべらと話し出す。望が黙っていると気を良くしたのか、継母は同席する千影と龍平が見えていないかのように身を乗り出した。

「あの時はごめんなさいね。おかあさん、仕方なくあなたをこのお家に預けたのよ。本当は嫌だった。すぐに連れて帰るつもりだったんだけど、全然会わせてもらえなくてね。やっとお話を聞いてくれる弁護士さんが見つかったの。だからもう平気よ」

何が『平気』なのかと、心の中で呟く。

テーブル越しに手を握ろうとしてきた継母の手を振り払うと、一瞬、顔が般若《はんにゃ》のように引きつった。

「っ……望。どうしちゃったの？　分かった、この家の人達に、嘘を吹き込まれてるのよね。強引に連れて行かれて、怖かったでしょう？　貴方たち、この子を虐待をしてたんじゃないでしょうね？　証拠が出たら、慰謝料を上乗せするわよ！」

息巻く継母を落ち着かせたのは、彼女の隣に座る弁護士の男だった。既に龍平とは顔を合わせていたのか、自己紹介もなくいきなり話を進めてくる。

「差し出がましいようですが、ご息女のお立場もありますし大事にしたくないでしょう。息子さんを返して、示談金も支払った方が良いですよ」

そしてちらと千影を見ると、見下したように口の端を上げる。

「貴方が望君を話し合いの途中で連れ去ったという方ですね。随分と乱暴な真似をするものだ、荒鬼先生もさぞ手を焼いていることでしょうね」

——勝手なことばっかり言って……。

まずは相手に好きなように喋らせる。というのが、千影から示された方針だった。

けれどあまりに身勝手な言い分に、望は耐えきれなくなる。

「僕を家から追い出したのは、継母さんだ」

「何を言っているの、望?」

「分からないなら、もう一度言うよ。四年前の僕の誕生日、継母さんはお金欲しさに僕を龍平おじいちゃんに売りつけに来たんだ。龍平おじいちゃんと千影さんは、あなたから僕を引き離すためにお金を払って助けてくれたんだ!」

それまで堪えてきたものが、望の中で爆発する。

「ずっと僕だけ、離れに押し込めて。家のことは全部、僕がしてたじゃないか。友達は作るな、高校にも行くなって言ったの覚えてるよ。それに預けたなんて嘘だ！　自分のために、僕を売ったのは継母さんだ！」

途中から嗚咽交じりになり、上手く言葉が出てこなくなる。それでも望は懸命に、継母を睨んで訴え続けた。

「家族になってくれるって言われて、嬉しかったのに。継母さんは僕も宙も、家族だなんて思って、なかった……」

「貴方が望君にしていたことは、ネグレクトです。望君からの証言は精神科医同席の元で、既に書面に書き起こしてあります」

望の虚言や妄想ではない証拠があるのだと、千影が継母にたたみ掛ける。

「そんな、勘違いよ。あたしは、ただ……」

「継母さん……どうして……自分のしたことを、認めてくれないの……？」

崩れそうな望を千影が支えてくれる。本当はもっと言いたいことがあるのに、呼吸が苦しくて倒れそうだ。

「そもそも貴方は養育を放棄していただけでなく、既に望君と戸籍上でも無関係ですよね。それなのに今更『息子』と言われても、望君も困るのは当然だ」

理路整然と言い返す千影に、弁護士が慌て始める。

「桜川さん、話が違う。どういうことですか⁉」

「黙ってよ！　あんたあたしの弁護士でしょ！　なんとかしてよ。望も変なこと言わないで！　おかあさんの言うことを聞いてればいいの！　どうしてみんな、あたしの思い通りにならないの⁉」

ヒステリックに叫ぶ継母を前にして、望の中にあった恐怖心が唐突に消えた。

——なんだろう、この人。

まるで駄々をこねる子どもだ。いや、子どもの方がまだ物事を理解する力があるだろう。

どうしてこんな人を怖がっていたのか、不思議な気持ちになる。

「もう止めようよ、継母さん。僕も宙も、あなたの人形じゃないんだ」

望は涙を拭うと、冷静に継母を見据えた。

もう心に、怯えはない。

「あなたの愛情が欲しくて泣いてた僕は、もういません」

「まってよ、望……あなたまで裏切るの？　おかあさん、これからどうやって生活すればいいの？　家族が困ってるのよ」

「僕の家族は、千影さんだけだ！」

自分に言い聞かせるように、望は強い口調で宣言する。

これまで逆らうことなどないと思い込んでいた望の反抗に、継母が狼狽え始める。

「ちょっと、どうしちゃったのよ？　あたしに口答えなんかして……あたしはお前の母親なのよ？」

「この子は私の家族です」

隣に座る千影が望の手を握ってくれる。温かくて、大きな手だ。それをきゅっと握り返し、望は継母を真っ直ぐに見た。

――さっきまで芸能人みたいって思ってたけど、宙とは全然違う。

よくよく見れば、スーツはサイズが合っておらず袖や裾《すそ》がほつれている。身につけている貴金属もやたらギラギラしているだけで、顔付きも品がない。

それまで黙って成り行きを見守っていた龍平が、徐に口を開く。

「望君は、元から貴方の所有物ではない。夫とはしっかり話し合って、今後を決めなさい。子ども達に迷惑をかけちゃならん。当時この部屋の様子を記録していた監視カメラの映像に、貴方が借金の担保に望君をと言っている姿も、残っておる……」

「うるさい！　お金があるって言うから、あんたの親戚と結婚してやったのに。稼ぎは少ないし、ケチだし。借金の返済も手伝わないのよ！　望！　私達、家族でしょ！　困ってるおかあさんを助けてくれたっていいじゃない」

不利になる事実を突きつけられ、半狂乱になる継母に弁護士も完全に引いている。

「失礼します」

「なんじゃ？」

入ってきた島津が、龍平にメモを渡す。龍平はそれに目を通すと、深く頷く。

「分かった。大分危険な所から、お金を借りているようですな。最後の温情として、私から弁護士を紹介しましょう。その後どうするかは、貴方が決めなさい……誰か、そちらのご婦人を、駅までお送りして差し上げなさい」

勝ち目がないと悟ったらしく、継母は顔色をなくして頭を抱える。そんな継母を、数人の秘書達が引きずるようにして部屋を出て行った。

残された弁護士はおろおろとするばかりで、時折龍平と千影の顔色を窺っている。しかし龍平はメモに視線を落としたまま、見向きもしない。

「君も早く帰りなさい。随分とマスコミ関係に顔が利くようだが、今回はちと先走りすぎたようじゃな。事務所と連携も取らず、単独で弁護を引き受けたそうじゃないか」

青くなっている弁護士が何かを言いかけるが、すぐに千影が制した。

「この会話も録音しているのだろう？　だが公表は止めた方がいい。二度と仕事ができなくなるぞ」

「今のは脅迫ですか？　貴方が荒鬼先生の私生児だと、週刊誌に出しても……」

「そんなことはみな、とっくに知っとるよ。それと千影の言葉は、警告じゃよ。なにせ今回の件、ワシは『過去に虐待を受けていた子どもを保護した』という立場上同席しただけじゃ。君が訴えようとしていたのは、一般人だからな。虐待した側をこれだけ大胆に擁護したとなれば、流石に上司も黙ってはいられんだろう」

「そちらが裁判を起こすというのでしたら、こちらも弁護士を立てる準備はありますよ。勿論、荒鬼先生とは関わりのない方です」

たたみ掛けられ、完全に不利だと察した弁護士は形だけの挨拶をして逃げるように帰って行った。

「また借金を作ったようじゃな。自己破産させる方向で、話を進めさせよう。父親にも、息子達に関わらないよう改めて一筆書かせる」

龍平の言葉にほっとして、望は千影に縋り付く。

「よく頑張ったな、望」

「千影さん……僕……」

「もう大丈夫だ」

怖くなかったと言えば、嘘になる。

言いたいことだって、半分も言えなかった。でも、ずっと畏怖の対象だった継母に初めて言い返すことができて、望の心は晴れやかだった。

■■■

あれからすぐに帰るつもりだったのだが、なんだかんだと龍平に引き留められてしまった。

結局帰宅した頃には、夜九時を回っていた。マンションまで送ってくれた運転手に礼を言い、二人は部屋に入ると同時にため息を吐く。

「親父のヤツ、俺はどうでもよくて望と話がしたいだけだろ」

気持ちが昂って過呼吸を起こしかけた望を気遣ってくれたのは分かるけれど、望が落ち着くとやれ『一緒に旅行に行きたい』だの、『週末は泊まりにおいで』だのと、孫フィーバー中の好々爺《こうこうや》と化したのである。

「……龍平おじいちゃん、怒ったかな」

ふと、望が不安げに呟く。

帰り際、千影は龍平に『望をパートナーとして迎える』と告げたのだ。

魑魅魍魎《ちみもうりょう》の跋扈《ばっこ》する政界を生き抜いてきた龍平も流石に絶句したが、反対はされなかった。

千影は母と本人の意思で龍平に認知されていないので、そもそも伝える義務はないが、筋を通したかった。龍平もその意を汲んでか、自分の許可は必要ない、とだけ告げた。

——何を考えているか分からない人だけれど、多分認めてくれたということだろう。

また改めて挨拶をする必要はあるだろうが、龍平は望を気に入っているので悪い方向には転ばないはずだ。

「ありがとうございます」

「どうしたんだ。急に……」

抱きついてきた望を、優しく抱き返す。そのまま横抱きにして自室に運び込むと、望の耳が赤く染まる。

「家族って言ってもらえて、嬉しかったから」

「望は大切な、俺の家族だからな。当然だ」

「……宙は、大丈夫かな」

自分と違い、宙にとっては実母だ。父には離婚を選ぶという手段がある。そうなれば、借金などは宙に返済義務が生じる可能性があるのではないか。

「親父に一言伝えておくよ。多分、佐神が先に何かしら手を打ってる可能性の方が高いけどな」

「よかった。でもあんなにあっさり、継母さんが帰ると思わなかった」

「自分より弱いと思っていた相手に逆らわれて、途端に萎縮したんだろう。ないとは思うが、もし偶然出先で会っても堂々としてろ」

「はい」

「不安なら、俺の名前を呼べばいい。そうすりゃ、すっ飛んで逃げるぞ」

想像したのか、望がくすりと笑う。

「――やっぱり、可愛いな」

「え？」

「望の笑った顔だよ。癒されるんだ」

すると、意外な言葉が望から返される。

「僕も千影さんといると、癒されますよ」

腕の中の望の額にキスをすると、恥ずかしそうに胸に顔を埋めてくる。

「こうしてぎゅってすると、心臓の音が近くて……安心するんです」

不安だと泣く夜は、こうして抱きしめて眠っていた。千影は望の温《ぬく》もりを、望は千影の心音を感じ、穏やかな眠りについていたと改めて知る。

「これからはずっと、悲しくなくても、一緒に寝よう」

こくりと頷く望が、愛おしくて堪らない。

もう二度と離しはしないと心に決めて、千影は望の額にキスをした。

□□□

数週間後、望は無事に二十歳の誕生日を迎えた。

世間はクリスマスの後片付けと、お正月の準備に入っているがそんなことは二人には関係ない。

千影がケーキとチキンと、豪華なオードブルを買い込んできてくれて、早速二人きりの誕生日パーティーが始まった。

サブスク配信の映画を見ながら、あれこれ他愛のない話題に興じ、ひとしきり笑い合う。

ふと沈黙が落ちた後、望はソファから下りて、ラグの上に正座をする。

「僕、二十歳になりました」

「まさか、出て行くとか言い出さないだろうな」

つられて向き合う形で座った千影に、望は首を横に振り微笑んでみせた。

「本当はちょっと、不安だったんです。毎年二十五日は、寝込んでたから……こんなふうに、お祝いして貰えるのが夢みたいで」

この日を最後と決めて、別れようとしていた日々が嘘みたいだ。

望は胸を張って、千影に自分の本当の気持ちを伝える。

「これからも千影さんの傍に、いさせてください」

「あのな、それを言うのは俺の方だ。これからもよろしく頼む。大切にする」

「こちらこそ、宜《よろ》しくお願いします」

お互いに頭を下げ合って、意思確認をする。

「それと望の戸籍に関してなんだが、勘違いをしていたことがある」

「なんですか？」

「桜川家と関わりを絶つために、望の養子縁組が成立していたんだが」

「知ってます。僕は龍平おじいちゃんの子ども、ってことになってるんですよね」

高校では荒鬼の名を出すと面倒があるからという理由で、表向きは『桜川』のままで通していた。それは千影も知っていたはずだ。

「俺もそう把握してたんだが、お前をパートナーに迎えるにあたり確認したら違ってたんだ。よくよく考えてみれば、荒鬼家の養子に入ればあの家の面倒ごとに巻き込まれるからって配慮だったんだろうが」

「じゃあ僕は、桜川望のまま……？」

「違う。『仁科《にしな》望』だ」

戸籍上では既に家族になっていたと知らされても、今ひとつ実感が湧かない。

「えっと、それって……」

「今更だが、俺の伴侶として家族になってほしい。いや、もうなっているも同然なんだが。ややこしいな」

照れているのか、わざとらしく腕を組む千影を愛おしいと思う。

「千影さん。僕を全部、千影さんのものにしてください」

千影の膝《ひざ》に乗り、望は自分から口づけた。

「誘ってるのか？」

「……はい……ん、ぁ」

腰を抱かれ、望は頬を染める。体はもう、千影の愛撫を待ち望んで疼いていた。


寝室に運ばれた望は、いつものように千影の手で服を脱がされる。

普段と同じことをしているだけなのに、自分が『仁科望』だと知ってからするセックスは、なんだかドキドキしてしまう。

「千影さん」

「どうした？」

「今日は僕の誕生日だから、一つお願いを聞いて欲しいんです」

「ああ、なにをすればいい？　それとも、欲しいものでもあるのか？」

覆い被さろうとする千影に、望は恥じらいながら告げる。

「今日は……付けないで、してほしい……です」

「お前、そんなすごいことをさらりと言うな」

「駄目ですか？」

「そんなわけないだろ。じゃあ俺からも提案なんだが、灯りを付けて望と抱き合いたい」

まだ外は明るいし、部屋の電気も付けたままだ。ということは、これまで隠せていた表情や秘めた場所も余すところなく千影に見られてしまう。

恥ずかしいとは思うけど、嫌ではない。

望が頷くと、千影がサイドテーブルの引き出しから見たことのない瓶を取り出す。

「望。今日はこれを使うから」

「化粧水？　ですか？」

「ローションだよ。肌に負担が少ないそうだ」

「調べてくれたんですか」

「お前の買ったアプリケータータイプも悪くはないが、こっちの方が使いやすいし成分も問題ない」

やっぱり千影は大人だなと、妙なところで感心してしまう。

千影は化粧水にしか見えないボトルから中身を手に取り、望の下半身に塗り広げる。ほのかに甘い香りと、とろりとした感触に望は身を捩る。

「良い香りですね。……っ？」

「どうした、望」

急に黙り込んだ望を不審に思ったのか、千影が愛撫の手を止めた。しかしすぐ、沈黙の意味に気付いて、微妙な笑みを浮かべる。

「……うそ。こんなの入らない」

今までセックスの時は部屋を暗くしていたし、意識してそれを見ないようにしていた。けれど何気なく視線を向けた先に、勃起しかけた千影の雄が望の視界に飛び込んできたのだ。

「止めるか？」

耳朶《じだ》を噛み意地悪く囁く千影に、望は小さく喘いだ。

「っふにゃ……ぅ」

「子猫みてえだな」

嬉しそうに千影が微笑む。

乳首を指の腹で擦られ、開発された体はそれだけで蕩《とろ》けそうになる。

「どうする？」

「ち、千影さん、お願い……やめないで」

「いい子だ、望」

ローションで濡《ぬ》れた指が、脚の付け根を焦《じ》らすようになぞってから、望の後孔に入り込む。既に期待していた体は、すんなりと彼の指を飲み込んだ。

「きもち、いい」

「コレ、好きだろ？」

前立腺を撫でられて頷くと、指の腹で優しく叩かれる。腹の内側から甘くノックされる感覚に、望は身悶《みもだ》えた。

「っう……ぁ」

入り口を丁寧に解され、体だけでなく頭の中も蕩けていくような錯覚に陥る。いつの間にか両脚を広げられ、望の秘めた入り口に反り返った雄の先端が触れていた。

――挿っちゃう……。

ドキドキと、胸が高鳴る。自分がこんなにもはしたない体の持ち主だったと、千影に抱かれるようになって初めて知った。

自慰の経験もほぼなく、夢精だって数えるほどしかしたことがないのに、今は雄を銜《くわ》え込まないと満足できない体になってしまった。

けれど全て千影が教えてくれたことだから、何も怖くない。

ゆっくりと挿入される性器が、カリで前立腺を押しつぶす。

逃げようとする腰を摑まれ、望は甘い悲鳴を上げた。

「や……だめっ」

「嘘はよくないぞ」

「あ、ん」

一度抜く素振りをしてから、千影が一気に奥まで貫く。初めての時には到達できなかった場所まで、先端が入り込んでいるのが分かる。

シーツに爪《つめ》を立てていた望の手を千影が摑み、繫がった部分へと導いた。

「全部挿ってるの、分かるか？」

千影の根元と自身の入り口を指でなぞらされて、望は羞恥と淫《みだ》らな悦《よろこ》びに震える。

「ちかげさんの、硬い……あ、んっう」

奥をゆっくり捏《こ》ねられ、中心から蜜が滴《したた》る。

もう中からの刺激だけで、射精もできるようになっていた。

「あのね。千影さんの形、覚えちゃった……かも」

「お前、どこでそんな煽《あお》り文句を覚えた？」

「煽る？　ひゃんっ」

奥を強く突き上げられ、望は千影に手を伸ばす。すると千影は焦らすことなく体を倒して、望を抱きしめてくれた。

同時に結合が深くなり、望は歓喜の涙を零す。

「そこ、ばっかり……だめっ」

お腹の奥が疼いて、おかしくなりそうだ。

「どうして」

「やらしいこと……好きになっちゃう、から」

「俺とセックスするの、嫌なのか？」

真っ赤になって、首を横に振る。恥ずかしいけれど、嫌じゃない。

「……そんなこと、ない……すき。千影さんがしてくれること、全部好き」

自分からキスをねだり、舌を絡ませ合う。その間も千影は奥を小突き、捏ねて、快感を持続させてくれる。

「っく、ふ」

必死にイくのを我慢していると、千影が唇を離して顔を覗き込む。

「痛いのか？」

「僕ばっかり、きもち……いの……いや。千影さんも、きもちく……なって……」

「ったく」

「あんっ……おっきくしないでっ」

太いそれが更に中で張り詰める。狭い内部をまんべんなく擦られて、望は我慢できず上り詰めていく感覚に身を委ねた。

「千影さん、ずるい……あんっ」

「お前がイく所見たいんだよ」

ぴったりと塡《は》めた状態で腰を揺すられ、望は背を反らした。

「やんっ……ひ、ッ……ぁ」

「もっと声、聞かせろ」

「あ、ぁっ。いっちゃう……イく……っ」

びくびくと全身を痙攣させて、絶頂を迎える。いつもなら緩やかな律動に変えてくれるのに、今日の千影は甘イキを許してくれない。

「だめ、だめなのっ……ちかげ、さん……」

「愛してる、望」

獣のような獰猛《どうもう》な眼差《まなざ》しで射貫《いぬ》かれ、望はうっとりと頰を染める。深い絶頂を繰り返し与えられ、身も心も千影に染め上げられていく気がする。

「あ、千影さん……好き……もっと、あいして……っ」

淫らにねだる望の言葉に応えるように、千影は深い場所を抉る。そして望が耐えられなくなる寸前に、一番深い場所で射精した。

——千影さんの……すき……。

「望？」

「へいき、だから……もっと」

甘い口づけを交わしながら、二人は長い時間睦《むつ》み合った。


後日、千影の提案で、望の実母のお墓参りに行くことになった。

伴侶にする挨拶だと真面目に言ってくれる千影に、望はただ涙ぐんで頷く。

「じゃあ、行こうか」

「はい」

朝から雲一つない晴天で、今は亡き母が門出を祝ってくれている気がする。

この先、沢山障害はあるだろうけど、千影と二人なら乗り越えていける筈だ。

「帰りに、位牌を置く仏壇も見ようか。最近はシンプルなタイプも多いから、お母さんに似合いそうなのを選ぼう」

何気ない気遣いだけれど、それが嬉しい。

――やっと本当の家族に会えたよ。母さん。

心の中で呟くと、千影が望の肩をそっと抱いて歩き出した。

ハニー・パンケーキ・ハニー・ムーン♡

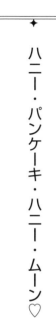

望《のぞみ》が高校を卒業して、半年が過ぎていた。

結局、大学に進学はせず、プログラミングの専門学校に行くことを希望した。

同時に千影《ちかげ》の仕事の手伝いも本格的に始めた望は、すぐに頭角を現し今は幾つかのシステム構築に根幹から参加している。

結果論だが、最良のポジションに落ち着いた形だ。

「ほぼ独学でこれだけできるなら、もっと高難易度の資格試験も問題ないだろう」

「もっと勉強して、千影さんの役に立てるように頑張りますね」

「俺としては、望が傍にいてくれるだけで十分なんだけどなあ」

本気とも冗談ともつかない口調で言われ、望は苦笑する。もともと千影も自宅での業務にシフトしているので、望が通学している時間帯を除けば、二人が離れることは殆《ほとん》どない。

出かけるときも一緒で、偶《たま》に連絡を取る遊里《ゆうり》から『家庭内ストーカーじゃないか』などと、心配される程だ。

でも望としては、千影が傍にいることで気持ちが落ち着いて最良の仕事ができるし、何より大好きな千影の気配を肌《はだ》で感じられるのだから、これ以上ない環境と言えた。

そんな平穏な日々が続いていたある日、久しぶりに佐神《さがみ》がマンションを訪れた。

『近況報告』の名目で、望の様子を窺《うかが》いに来たらしい。

「――おかげさまで、こちらは順調ですよ。島津《しまづ》さんでしたっけ？　流石《さすが》、荒鬼《あらき》元議員の筆頭秘書だけあって、随分お世話になりました」

「あの人は、厄介ごとには慣れているからな」

「宙《そら》は、どうしてますか？」

「一時期は落ち込んでたけど、今は大分落ち着いてきてるよ。両親からの接触もないし、これからのことを自分なりに考えているみたいだよ」

「そうですか」

宙のことは、まだ自分の中で感情を処理しきれていない。

辛く当たられたのは事実だし、継母と一緒になって罵倒された記憶はまだ夢に見る。けれど宙も被害者であると知ってからは、正直複雑だ。

「気になるなら、会ってみる？」

「会わせる必要はないだろう」

佐神の提案に真っ先に反対したのは、千影だった。彼からすれば、宙は望を不安定にする元凶でしかない。

「別に、仲直りさせようとか、そんなことは思ってませんよ。ただ望君が宙の様子を見れば、気持ち的に少し切り替えができるんじゃないかなと思っただけです」

あの日以来、望は宙の姿を見ていない。学校のCM撮影は既に終わっていたから、卒業までに偶然でも鉢合わせをすることはなかった。

——切り替え、か。

正直なところ、宙に会って何を話せば良いのかも分からないし、謝罪されても受け止められるか不安はある。

でも会ってみたい気持ちの方が、望の中で不安に勝った。

「迷惑になりませんか?」

「それこそ望が気にすることじゃないだろ」

不機嫌を隠しもしない千影が、佐神を睨《にら》む。

「そんな、余計なことを言いやがってって顔、しないでくださいよ」

「……僕も宙も、いつかは話をしないといけないと思うんです。だから、会えるならお願いします」

「分かった。けど俺も付き添いで行くからな」

「過保護に磨きがかかってますね、先輩」

茶化された千影だがそれには取りあわず、どこまでも真剣な面持ちでため息を吐く。

「千影さんが一緒なら、心強いです」

そう言って彼の手を握ると、やっと千影が笑みを見せた。

数日後、セッティングされたのは都内のスタジオだった。外観は普通のオフィスビルだが、ワンフロアごとに録音室や稽古場などがある。

「宙には、望君が見学に来ることは伝えてあるよ。けど話をするかどうかは、望君が決めて良いからね。やっぱり会いたくないって思ったら、こちらのことは気にせず帰ってかまわないから」

「はい」

頷《うなず》く望に、千影が問いかける。

「本当に、大丈夫なのか？　まだ早いんじゃないか？　いつでも会えるんだから、今日会う必要はないんだぞ」

「大丈夫です。それに話をしないと、僕が先へ進めないんです」

この気持ちは真実だ。延ばし延ばしにしても、溝が深まっていく気がしてずっと気になっていた。

佐神の後押しがなければ、このモヤモヤを抱えたままだっただろう。

彼に案内されてビルに入ると、望は三階まで吹き抜けのロビーを見上げて感嘆のため息を零《こぼ》す。

「うわあ。すごいところで、お仕事してるんですね」

「このビルには基本的にレッスンに使うスタジオが入ってるんだ。オーディションも、大体ここで行うんだよ」

初めて見る物ばかりで、望はきょろきょろと辺りを見回す。

「実は前から思ってたんだけど、望君って写真映えしそうなんだよね。望君さえよければ、一度モデルに……」

「駄目だ」

横から即答する千影に、望は同意する。

「そうですよ、僕なんかがモデルなんて無理です」

「違うよ望君。先輩が断ったのは、君を独り占めしたいからだよ。ですよね、先輩」

「当然だ。こんなに可愛《かわい》い望がモデルになどなって世に知られることとなったら、ストーカーが掃いて捨てるほど現れるに決まっている」

——冗談なんだろうけど。千影さん顔がちょっと怖い。

険悪な雰囲気になりかけたところで、廊下とはガラス扉で隔《へだ》てられているスタジオの前で佐神が立ち止まる。中を覗《のぞ》くと数人の青年が、指導を受けている最中だった。

「宙……」

望が宙のレッスンの場に足を踏み入れたことはない。だから、こういった姿は初めて見る光景だ。

「どうする?」

「……今、大丈夫そうだったら。呼んでもらって、いいですか?」

自分達が中に入るより、呼び出した方がいいだろうと判断したのだ。佐神は黙って頷き、扉を開けて一人で中へと入る。

講師らしき人物と少し会話を交わしてから、佐神は宙を伴って廊下へと出てきた。宙は望と千影の姿を見ると、申し訳なさそうに項垂《うなだ》れる。

そして二人の前で、深く頭を下げた。

「望、ごめんなさい。仁科《にしな》さんにも、ご迷惑をおかけしてすみませんでした」

震える声で謝罪する宙に、二人は顔を見合わせる。困惑と恐れはあるけれど、彼を糾弾するために訪れた訳じゃない。

落とし所の見つけられない感情が少しでも落ち着けばという、ただそれだけで会いたかったのだ。けれどこの気持ちも、上手《うま》く言葉にできない。

「気にしてないって言ったら、嘘《うそ》になるから……」

顔を上げた宙は、今にも泣きそうだ。けど泣いてしまえば被害者のような振る舞いになると自覚があるのか、必死に堪《こら》えている。

「そうだよな。母さんと一緒になって、酷《ひど》いことをしたんだから許せないよな」

「——ちゃんと許せるようになるには、時間がかかると思う。けど、僕は宙の生き方を応援しているから」

「兄さん……ありがとう」

ごく自然に、宙が発した言葉に望も涙ぐむ。

初めて出会った頃は、お互いになんの蟠《わだかま》りもなく兄弟として打ち解けたことを思い出した。それがいつからか、宙は『望』『お前』などと呼ぶようになっていたのだ。

全ては継母が原因だと分かっていても、気まずい感情はすぐには消えない。

「おかあさんのことは、聞いてる？」

頷く宙は、継母の話を出されて複雑そうだ。自分と違い、実の母親から見捨てられたのだから、ずっとショックは大きいに決まっている。

でも自分達にとっては、避けて通れない問題でもある。

「僕たちはあの人から、自立しないといけない。難しいけど、お互いの場所で頑張ろう」

「できるかな？」

「できるよ。宙には佐神さんが付いててくれるんだし、僕も……自分にできることから頑張るし。一人じゃないから、きっと大丈夫」

緊張気味だった宙が、少しほっとしたように笑顔を見せた。

——よかった。

きっと自分達は、少しずつ変わっていける。そんな気がした。

「宙、そろそろダンスレッスンの再開だよ」

「はい」

「うわ、芸能人って感じだ」

自分でも馬鹿みたいなことを言ってしまったと反省するけど、宙はこれまでみたいに嫌味を口にしない。それどころか、照れているようだ。

「やっと、真面目《まじめ》にスタートラインに立てたとこなんだ。来週オーディションがあってさ。受かればグループで、デビューが約束されてるんだ」

「凄いなあ……あのさ、宙は集中しすぎると唇《くちびる》を噛《か》んで真顔になるから、気をつけた方がいいよ。アイドルを目指すなら、笑顔が大切だと思うんだ」

まだ宙が素直に頼ってくれていた頃の感覚が蘇り、ついアドバイスをしてしまう。すると宙は驚いたのか、少し黙って真面目に頷く。

「分かった、気をつけるよ兄さん。ありがとう」

突っぱねられなかったことに内心ほっとする望に、宙が声を潜めて続ける。

「――じゃあ俺からも忠告。あの千影さんて人、兄さんの恋人なんだよね？　セックスしつこそうだから、ヤバイって思ったらすぐ佐神さんに連絡しろよ。変態プレイとか求められても、流されちゃダメだぞ」

「へんたい？」

「相変わらずだな、兄さんは。もっと危機感持った方がいいよ」

「？」

意味がよく分からないし、もしかすると千影ではなく別の人のことを言っているのではないかとも思う。けれど弟が真剣に自分の心配してくれる様子が嬉《うれ》しいので、分からないままに頷いた。

こんなふうに会話をしたのは、いつが最後だっただろうかと望は記憶を辿《たど》る。だが思い出よりも、これからを考えようと思い、宙に片手を差し出した。

「ありがとう、宙。じゃあ、また来るから」

再会を約束する言葉に、宙が笑顔になる。

「うん。待ってる」

握手を交わすと、宙は講師の元へ戻っていった。

スタジオからの帰り道。

ビルの一階に入っていたコーヒーチェーン店の期間限定ドリンクを買ってもらった望は、まだ不機嫌を引きずっている千影に寄り添って歩く。

「……僕が我が儘《わま》を通したこと、怒ってますか？」

「我が儘じゃないし、怒っている訳でもない。自分の心の狭さが、嫌になっているだけだよ」

「うそ、それだけじゃないですよね」

「――何を二人で話してたのか、気になっては、いる」

問い詰めると、千影は観念したのか素直に答えてくれた。偶にだけれど、千影はこうして悩みを隠そうとする。

望を心配させない為だと分かっていても、それはパートナーとしてよくないことだと何度も話し合っていた。

だから望も、千影が不安にならないように、宙との会話を正直に伝える。とはいっても、お互いにアドバイスしただけだから、大した内容ではない。

「僕は笑顔が大切だって、伝えて。それで……その……」

「うん？」

「宙は、千影さんが、セックスがしつこそうだって……へんたい、とかも言ってました」

「……っ、一体何の話を……いきなり打ち解けすぎじゃないか？　まあ、お前たち二人の相性はもともと悪くはないんだろうが」

「そうだと嬉しいな」

「ああ。きっとそうだ」

千影に励まされて、望はほっとする。

「でも宙、千影さんのこと、何か誤解してる……みたいで……」

「――しつこいかどうか、確認してみるか？」

苦笑する千影に、望はなんと答えるべきか迷う。

初体験も何も、望の知る性行為は全て千影から教わったものだ。少しはネットで調べたりもしたけど、映像より体感する方がずっと強烈な記憶として残る。

「今日から新婚旅行だろ。俺がしつこい変態かどうか、望が判断すればいい」

普段多忙を極める千影は、旅行もままならない。パートナーになった記念として、身内だけのパーティーと海外旅行を計画しているが、それも一年後だ。

だったらひとまず、近場で新婚旅行っぽい気分だけでも楽しまないかと、千影が提案してくれたのだ。

千影は『当日まで場所は内緒だ』と言って教えてくれなかったので、望はドキドキしながら彼に連れられて行く。

スタジオからそう遠くはないらしいホテルまで、車を呼ぶという千影に『歩いて行きたい』とお願いする。このドキドキを、少しでも長くゆっくりと味わいたかったのだ。

だが、やっぱり都内の人混みに酔いそうになり、そんな自分にがっかりしてしまう。

「パートナーなんだから、もっと甘えていいんだぞ」

「でも……」

外で手を繋《つな》ぐのは、まだ望にはハードルが高い。きっと千影はもどかしく思っているだろうけど、望が嫌がるようなことは一度も強いられていない。

――もっと素直にならなくちゃ。

そんな風に自分を鼓舞して深呼吸するうち、目的地に到着する。そこは、世情に疎い望でも知るハイクラスのホテルだった。

千影は既にチェックインを済ませていたようで、フロントを通り過ぎエレベーターに乗り込む。そして最上階のボタンを押した

「こんな上のお部屋に泊まるんですか？」

望は身一つで来ていいと言われていたし、学校は試験後の休みに入っているものの忙しい千影が仕事から離れられるのは一日二日が限度だと思っていたから、持っているのは一泊分の着替えとスマホだけだ。しかし、部屋に入るとスーツケースが置いてあり、望は首を傾《かし》げる。

「滞在は五日間の予定だ。必要な物は、ホテル内の店で全部揃《そろ》うから心配するな」

「そんなに？　お仕事は大丈夫なんですか？」

「ノートパソコンとスマホがあれば、どうにでもできる。社員には緊急時以外連絡するなと通達済みだ。まあ、ここ暫《しばら》く休み返上で働いてきたからな、文句は言わせない」

「……っ」

思いがけないプレゼントに、胸がいっぱいになってしまって言葉が出てこない。人生を救ってもらった上に、こんなに嬉しい気持ちをもらってばかりの自分は、千影にどうやって返していったらいいのだろうと、途方に暮れてしまう。

まるで夢を見ているような気分で、大きな窓辺から眼下に広がる景色を眺めていると、背後から抱きしめられた。

「望、腹は減ってるか？　ルームサービスで何か頼むか」

「ううん、大丈夫……それより……」

言いかけて、でもやっぱり言葉にすることはできなくて。望は抱きしめてくれる手に、自分の掌《てのひら》を重ねる。

「最近、してなかったからな。望のココが俺の形に戻るまで、セックスしような」

直接的な言葉と一緒に下腹を撫でられ、望は熱い吐息を零す。

ここ二週間ほど、千影は毎晩深夜まで仕事をしていた。

きっとこのサプライズのために、根を詰めていたのだろう。忙しいさなかにもキスとハグはこまめにしてくれていたし、千影の体を心配するばかりだった望だが、本当は、それ以上に触れてもらえなくて寂しかったのだ。

そう気付いてしまえば、もう一秒も我慢できなかった。

「たくさん、してくださいね」

千影の手をぎゅっと握って、彼を誘う。腰《こし》に当たる千影の雄は、服越しにも分かる程、硬く反り返っていた。


「早く、早く千影さんの形にしてください」

久しぶりのセックスに、体が疼《うず》く。はしたないおねだりをしながら、望は裸体を惜しげもなく曝《さら》しベッドに横たわった。

優しいけれどどこか獰猛《どうもう》に光る瞳をじっと見つめれば、千影がふと甘い笑みを浮かべる。

「いいこだ、望」

——僕、自分からおねだりしてる。

千影に導かれるまま両方の膝裏《ひざうら》を自ら抱え、脚を開いて千影自身の到来を待つ。

千影も服を脱ぎ捨てると、望の脚の間に体を置いた。そして手にしたローションのキャップを外し、望の秘所にたっぷりと垂らす。

「ひゃん」

とろりとした乳液状のそれは肌に馴染《なじ》んで、ほんのりと熱を帯びる。これからセックスをするのだと意識させられているみたいで、望は頰《ほお》を染めた。

「ぁ……」

ローションで濡《ぬ》れた指が、中へと挿《はい》ってくる。

抱かれる度に、千影の指は新しい快感の場所を開発してくれる。初めての時は前立腺《ぜんりつせん》だけで感じ入っていた望だけれど、今では入り口から内部の隅々まで快楽のポイントになってしまっていた。

「あ、もぅ……」

「望は敏感だな」

「千影さんが、優しくしてくれるから……感じちゃうんです」

素直に答えると、何故か千影が苦笑する。

「ったく、お前は……挿《い》れるぞ」

屹立《きつりつ》した性器に避妊具を被《かぶ》せ、千影が望の腰を摑《つか》む。両手を胸の上で握りしめ、望は持ち上げられた自らの腰を見つめていた。

「あ、あ……」

ローションとゴムの潤滑剤のお陰で、殆ど抵抗もなく後孔が亀頭を飲み込んでしまった。無意識に腰を引きかけると、千影が片手でそれを押しとどめ、腰の下にクッションを差し入れる。

逃げ場をなくした望の体に、杭《くい》のような性器が挿入されていく。

ゆっくりと、だが止めることなく千影がその雄々《おお》しいそれを根元まで挿入する。

——挿っちゃった……。

何度経験しても、慣れることができない。

体内で脈打つ勃起した性器に、望の中心も興奮して熱を帯びる。

「中、好きになったよな」

恥ずかしい指摘だけれど、本当のことだから望は微笑《ほほえ》んで頷く。すると中の雄が、更に大きくなるのを感じた。

「……ぁ、どうして?」

「望の反応が、可愛いからだよ」

位置を確かめるように、千影が腰を動かしピタリと塡《は》める。そしてそのまま、深く息を吐くと、何故か動きを止めてしまった。

殆ど愛撫《あいぶ》もなしに挿入したから、馴染むまで待ってくれているのかと思ったけれど、どうも違うようだと気付く。

もどかしくて内壁がぴくりと痙攣《けいれん》しても、千影は全く動じない。それどころか揺れそうになる望の腰を摑んで固定してしまう。

「んっ、あん」

片手で胸を愛撫され、望は甘い吐息を零す。

つんと立ち上がった乳首を摘《つま》まれ、押しつぶされて、淫《みだ》らな熱が体の内側に蓄積されていく。

「あ、あの……千影さん……」

「ん？」

「胸は、もう……ッン」

乳首を爪《つめ》の先で虐められ、望は軽く達した。

射精には至らない甘い痺《しび》れが、腰に溜《た》まる。

反応して勝手に後孔が締まるけれど、埋められた性器はやはり動いてくれない。

「ぁ……」

「ヒクついてるな。望の好きなように、締め付けていいんだぞ」

「そんな」

下腹部を撫でられ、望はドキリとする。軽く押されると、千影の先端が臍《へそ》の近くまで到達していると分かった。

「やんっ」

「どこまで挿ってるか、言えるか？」

「どこ、まで……？」

涙目で見つめても、千影は薄く微笑んで望の腹を撫で続けるばかりだ。

「俺の形にする、んだろ？」

「そう、だけど……あ、あうっ」

優しい声で念押しする千影に、淫らな疼きが激しくなるのを感じる。

「今、どのくらい『そうなってる』か、教えてくれ」

「言わなきゃ、だめ？」

「聞きたい」

シーツを摑んでいた手を離し、望は指を滑らせて繫がった部分に触れた。動きはしないものの、千影の性器が脈打っていると指の先から伝わる。

「太くて、中まで一杯広げられちゃってる……奥の少し前のとこ……一番太くて……すごくきもち、い」

「うん、それで？」

いつもよりさらに深い声音が、少し掠れていて信じられないほど色っぽい。

――こえ、だけで……い、きそ……ッ。

こつん、と不意打ちで敏感な最奥を小突かれた。

全く無防備な状態で愛された望は、我慢の限界に達して甘イキしてしまう。びくびくと体を震わせながら、両脚を千影の腰に絡めて引き寄せた。

「ひゃんっ……先っぽ、硬くて。あん……弱いとこにぶつかると……っく、ふ……も、だめなの……許して……」

一度イってしまうと、緩い波が止めどなく押し寄せる。深くイきたいのに刺激が足りなくて、望は大好きな人に手を伸ばして懇願する。

「ちかげ、さん。すき……もっと、して」

「可愛いよ、望」

涙の浮かぶ目元に、口づけが落とされた。

「お前が健気《けなげ》で可愛くて、意地悪したくなっちまう。悪い大人《おとな》で、ごめんな」

これが千影の欲望の形なのだと知る。千影が保護者の顔をかなぐり捨てて、自分だけに向けてくれる熱も、衝動も。全てが愛情なのだ。

背筋が甘くぞくぞくして、望はうっとりと呟《つぶや》く。

「……嬉しいです」

「望、いまなんて」

「千影さん、僕にすごく欲情してくれてるってことですよね。……嬉しい、もっと教えて」

瞳を潤ませて見上げると、心から嬉しそうな千影と視線が合わさる。今にもイきそうで、蕩《とろ》けきった顔を曝し望は喘《あえ》いだ。

「そんな顔、できるようになったんだな。綺麗《きれい》だよ、望」

「っ、でもごめんなさい……もう、我慢できないッ」

「ああ、俺もだ」

内部でどくりと脈打つ性器が、激しく突き上げる。敏感にされてしまった最奥ばかりを責められ、望は悲鳴を上げて仰《の》け反《ぞ》った。

「おく、ごりごりしたら……やんっ、んっン」

言葉とは反対に、蕩けた内部は雄を食い締めて歓喜に震える。

「あ、あうっ……ひ、っ……ぁ」

そのまま千影の雄を食い締めて、望は達した。

「中だけでイけるようになったな。偉いぞ」

「だって千影さん、おくばっかり……するから、ぁ」

達したばかりの中を、容赦なくかき混ぜられる。

「ひっぁぅ」

「っ……」

千影も中で達したが、まだ硬さを保っていて望の内部が痙攣する度に甘い刺激が広がる。

「いってる、から……まって……っん」

「すまない、望」

「え……」

ずるりと性器が引き抜かれ、千影が再び雄を埋《うず》めた。

「あ、千影さん……」

避妊具の感触がないことは、明らかだ。咄嗟《とっさ》に望は、千影に両手足を絡めて結合部を密着させる。

「うれしい、です」

欲望を抑えきれなくなった千影に剝《む》き出しの雄で蹂躙《じゅうりん》されると、自分でも制御できないほどの快感を得られるようになってしまっていた。

だが千影は『負担が大きい』からといって、滅多にしてくれないのだ。

イきっぱなしの状態で突き上げられ、声が嗄《か》れて泣きじゃくるまで抱いて欲しい。そんな淫らな欲望が、望の体を支配している。

「お願い……めちゃくちゃに、して……」

必死に締め付けると、くぐもった唸《うな》り声のような声が千影の唇から漏れる。

「ったく、明日は大人しく寝てるって約束しろよ」

「はい！」

状況にそぐわない明るい返事をすると、苦笑の形に歪《ゆが》んだ唇が重ねられた。もう千影も手加減しないと分かり、望はぞくりと震える。

腰を摑まれ、入り口ギリギリまで引き抜かれた雄が一気に挿入される。数回繰り返されると、ローションが泡立ち、後孔から卑猥《ひわい》な音が響く。

「あ、ひっ……ぃ、く」

無意識に腰が逃げようとしても、力強い腕に摑まれて動けない。内部は隅々まで性感帯と化していて、望は絶頂を繰り返した。

「望っ」

「千影さんの形、もっと覚えたいから……ぁ、して……あっあ、すき……だいすき、なの」

ぎゅっと抱きつき、千影の背に爪を立てる。

「なかで、だして」

途切れそうな息で千影を誘うと、最深部に先端が到達した。二人で一つの獣みたいに繫がり、貪り合う。

一際大きな絶頂と同時に、千影も望の中へ精を放つ。

「……あ、ふ……」

満足げな吐息を零し、望は不規則な痙攣を繰り返した。

——出てるの、分かる……嬉しい。……？

「えっと……う、……ン」

「あれだけ煽《あお》られて、終わるわけないだろ」

立て続けに二度も射精したというのに、千影のそれは硬いままだ。達して敏感になってい
る内壁を、今度はゆったりとしたリズムで擦《こす》り始める。

「い、く」

望の性器はとうに萎えていて、中からの刺激だけで達していた。お腹の中で精液とローシ
ョンの混ざる淫らな水音が響く。

「は、ずかしい……よ」

「恥ずかしいことじゃない。俺は望が悦《よろこ》んでるって分かって、嬉しい。もっと全部、見せて
くれよ」

低く雄の艶《つや》を帯びた声で囁《ささや》かれ、頭の中が甘い快感で満たされた。

「んっ」

真っ赤になって抱きつくと千影がわざと腰を回して、いやらしい音を響かせる。

「あ、ひ……ひ、ぅ。ッン」

蕩けた悲鳴を上げてのたうつ望を、千影が優しく抱きしめてくれる。そして囁かれるのは、
どこまでも甘く、少しだけ恐ろしい言葉。

「ここに泊まっている間は、動けなくても大丈夫だからな。望の中が俺の形に変わって、戻らなくなるまで抱くから。覚悟しとけよ」

首筋に口づけの痕を付けながら、千影が雄の顔で微笑む。

怖いと思うより、悦びが勝っていると気付いた望は自ら彼にキスをして頷いた。


あれから色々な体位を試され、望が過ぎる快楽に意識を失ってもセックスは続けられた。そして意識が戻ったときには、既に昼を過ぎていた。

「あの、千影さん？」

「すまん。お前に、意地悪が過ぎた。これじゃ宙君の指摘が間違ってなかったって、自分で証明しちまったようなもんだ。俺が悪かった」

項垂れてぶつぶつと呟く千影の声は、どことなく落ち込んでいる。

「僕、意地悪されたんですか？」

きょとんとして小首を傾げる望は、バスローブを着せられて千影の膝の上に抱きかかえられている。目の前のテーブルには、千影が頼んでくれたルームサービスの料理が並んでおり、この至れり尽くせりの状態で何故謝られるのか分からない。

「久しぶりで歯止めが利かなかった……その、嫌じゃなかったか？」

「嫌なわけ、ないです。ちょっと、恥ずかしかっただけで……」

柔らかいホテル特製パンケーキを頬張りながら、背後の千影に凭《もた》れる。彼もまた、素肌にバスローブを羽織っただけの姿だ。

「でも……」

「でも？」

「今日みたいなエッチが、『しつこい』って言うんですね」

「ああ……うん……。すまない」

「だから、どうして謝るんですか。千影さんは、してもしても足りないくらい、僕のこと欲しいって思ってくれてるってことですよね？」

「ああ、そのとおりだ」

「そんなの、嬉しいに決まってます」

互いの肌には、幾つものキスマークが散っている。出かける予定は一切入れていないから、見える場所にも沢山付けた。

「僕、千影さんに『しつこく』されて、幸せなんです。変態？　は、ちょっとよく分からなかったけど、セックスってあんないろんな体勢でできるんだなって知れて、びっくりしたけど楽しかったです。……すごく、すごく気持ちよかったし」

「あのな、望……まあそれならいいが」

素直な感想を伝えただけなのに、千影は何故か困惑気味だ。

「ちょっとだけ言い方、考えような。特に宙君には、話さないでほしい」

「駄目ですか？」

「うーん……。俺としては『二人だけの秘密』にしたいんだが」

「二人だけの……」

しばらく言葉を噛みしめるようにパンケーキを頬張っていた望だったが、どこか照れた様子でフォークにさしたひとかけを千影の口元へ差し出す。

「分かりました。それなら、誰にも言いません。あ、これ美味《おい》しいですよ」

「……ああ、美味《うま》いな」

のんびりと食事を楽しみながら、時折口づけを交わす。こんなに幸せな日が来るなんて、望は思ってもみなかった。

「千影さん、僕……」

幸せだと思えば思うほど色を濃くする、全身をうっすらと覆うような不安はまだ完全に消えてはくれない。けれど、きっと克服できる日は来るだろう。背後から大きな胸に抱きすくめられ、望は肩越しに振り返る。

「大丈夫だよ、望。一生大切にする」

望の不安に気付いた千影が、望をあやすように口づけてくれる。

「愛してるよ、望。掛け替えのないお前の人生を貰ったんだから、必ず幸せにする」

「僕も、千影さんを幸せにしたい」

「なら一緒に、幸せを作っていこう」

まだまだ未熟な自分を対等に扱ってくれる優しい言葉に、望は蕩けるような微笑みを浮かべ、頷いた。

あとがき

はじめまして、こんにちは。高峰あいすです。この度は本を手に取って頂き、ありがとうございました。ルチル文庫様からは十九冊目の本になります。

こうして続けられているのは読んでくださる皆様と、携わってくれた方々のお陰です。ありがとうございます。そしていつも見守ってくれる家族と友人、感謝してます！

担当のH様。いつもぐだぐだな私にお付き合いしてくれて、ありがとうございます。

可愛く繊細なイラストを描いてくださった、榊空也先生。ありがとうございます！　望が可愛い！　捨てられた子猫ちゃん感が最高です。

最後までお付き合い頂き、ありがとうございます。読んでくださった皆さまに、少しでも楽しんでもらえたら幸いです。

それではまた、ご縁がありましたらよろしくお願いします。

高峰あいす公式サイト「あいす亭」http://www.aisutei.com/
ブログ「のんびりあいす」http://aisutei.sblo.jp/　ブログの方が更新多めです。

✦初出　溺愛社長と怖がりな子猫……………………………書き下ろし
ハニー・パンケーキ・ハニー・ムーン♡…………書き下ろし

高峰あいす先生、榊空也先生へのお便り、本作品に関するご意見、ご感想などは
〒151-0051 東京都渋谷区千駄ヶ谷 4-9-7
幻冬舎コミックス　ルチル文庫「溺愛社長と怖がりな子猫」係まで。

幻冬舎ルチル文庫

溺愛社長と怖がりな子猫

2022年1月20日　第1刷発行

✦著者	高峰あいす　たかみね あいす
✦発行人	石原正康
✦発行元	株式会社 幻冬舎コミックス 〒151-0051 東京都渋谷区千駄ヶ谷 4-9-7 電話 03(5411)6431 [編集]
✦発売元	株式会社 幻冬舎 〒151-0051 東京都渋谷区千駄ヶ谷 4-9-7 電話 03(5411)6222 [営業] 振替 00120-8-767643
✦印刷・製本所	中央精版印刷株式会社

✦検印廃止

ISBN978-4-344-84987-7　C0193　Printed in Japan